VEČITI MLADOŽENJA

VEČITI MLADOŽENJA

Jakov Ignjatović

Globland Books

U varoši U. živeo je gospodar Sofronije Kirić, trgovac. To je bilo pre šezdeset i pet godina. To jest, on je već i pre toga a i posle živeo, ali godina 1812-13. to je bila u njegovom životu najvažnija godina, jer je srećno prekužio crne banke i devalvaciju.

Varoš U. lepa je varošica, kraj Dunava. Gospodar Sofronije Kirić, ili da reknemo gospodar Sofra, imao je kuću i trgovinu baš kod bajira, na najboljem mestu. „Gospodar Sofra", tako se zvao u poslen dan — svecem i nedeljom, u crkvi ili kakvoj crkvenoj sednici zvao se „gospodar Sofronije Kirić", i tako se i potpisivao. U kući je imao krasnu trgovinu, pa i mehanu. Ta njegova trgovina zvala se bakalnica, ali kakva bakalnica! Šta je prema tome „Nürnberger Handlung" — ništa! Već izdaleka pred dućanom, o ćepenku i kapku, ili ispod njega, vide se stvari — espapi, metle, lopate, opanci, čarape, i šta još ne, da čovek izbrojati ne može. Pa tek unutra — lule, kamiši, noževi, ćebeta, dugmeta, drombulje, ali sve se izbrojati ne može. Pa to čudoredno sortiranje, da čovek sve što pomisli, odmah dobiti može. Ni sam praotac Noje na svom brodu nije bio tako sortiran. Tek ako bi u Vidinu ili Pirotu takovo što video. Šteta što ne beše fotografije, da se kod potomstva ovekoveči.

I lepo je bilo videti gospodara Sofru pred dućanom kako izgleđuje mušterije, sve levo-desno licem miče, kako primamljivim očima mušterije dovlači. Pa još u dućanu kako prodaje, kako espap hvali, milo ga je videti i čuti, a šegrt kao na drotu igra — espap dodaje!

U dućanu, u običan dan, na sebi je imao stari kratak jankl, leti i bez njega, sa zasukanim rukavima na košulji, pa onda uvek čakšire u čizmama, kapa od crne kože.

Gospodar Sofra bio je nizak čovek, no širok, temeljan, jakih pleća i prsiju, trup dugačak a noge vrlo kratke, malo ugnute kao levče, ruke dugačke, jake, vidi se da od detinjstva teško radi. Pojako grbav, poveći nos, oči velike crne, jaki brkovi i obrve, kosa vrana, gusta, cela glava kao da je u Mesopotamiji iznikla, impozantna, no bi trebalo da je za nju znatna dužina ostalog tela, ta ovako je samo kontrast.

Gospodar Sofra za nedelju i sveca imao je dve fele haljina, i to za nedelju od zelenog manšestra čakšire i jankl, i to bez gajtana, svecem pak čakšire gajtanom iscifrane, tako isto i kratka dolama, na njoj pedeset rifa gajtana, i to sve od fine crne čoje. Najpre je počeo učiti trgovinu, pa onda je postao tabak, zato se tako izmešano nosi. Tabakluk nije mu dobro išao, počeo je trgovati, i to srećno.

Kad je paradno bio obučen, ceo izgled mu je bio za ciganskog vojvodu, što nije zameriti, jer te vojvode redovno impozantno izgledaju, pa kao oni, i gospodar Sofra nosio je debeo, poduži, gore jako srebrom okovan štap.

Gospođa Sofija, ili Soka Kirićka, više nije mlada, ima veliku decu, pa je jošt i sad lepa; kao mlada, morala je biti baš lepota. Lice orijentalno, tako, kao što je kad ko namalao najlepšu mater Božju, a stas i sav stvor divotan.

Gospodar Sofra pomogao se za vreme ratova Buniparte. Posao je dobro išao, crnih banaka bilo je tma. On je te banke držao u jednom jakom zidanom lagumu, u kadi i u buretu. I za vremena prosnilo mu se, da banke dugo ne drži, jer će pasti, i san se ispunio, no gospodar Sofra blagovremeno kupio je za te banke kuće, zemlje, vinograde, i počeo je već i platnom trgovati. Po tome naravno, da je i dobru kuću vodio. Lako mu je kad je puna kuća.

Glavna kuća mu je bila na jedan kat. Njegov stan imao je četiri sobe. Jedna soba za posetu, vizitu.

Divan od jake zelene čoje, i šest takvih stolica, sto i ogledalo rokoko sa izdeljanim siradama, ogledalo još i pozlaćeno. Nad ogledalom lik svetog Nikole, patrona gospodara Sofre, a pred njim ozgo visi na srebrnom lancu veliko srebrno kandilo. Dalje na desnoj strani na duvaru dve velike slike. Jedna je gospodara Sofre, druga gospođe Soke. Gospodar Sofra naslikan u svoj veličini i dužini, u potpuno paradnom odelu, u dolami, pa još preko iste dolama, pa onda crven, zlatom išaran pojas. Pa jošte na kazatelnom prstu, na desnoj ruci, veliki zlatan prsten, u sredi veliki crven karnijol, a na njemu izrezano sidro, kotva, pa s jedne strane pismo *S*, s druge strane pismo *K*, znači „Sofronije Kirić". Vragolan taj moler, namalao ga da desni prst pruža na gospođu Soku, koja je do njega, pa onda u celoj njegovoj dužini, sa dugačkim trupom, kratkim, debelim, krivim nogama. Pogodio ga je sasvim, samo nije trebalo da je u svoj veličini; mora da je slikao parodiju. Bolje da ga je dopola slikao onako kao „büste", jer gospodar Sofra kad sedi, sa svojom glavom i prsima, lep, impozantan čovek, kako ustane, stoji — karikatura, prava krtina.

Gospođa Soka namalana je u polovini veličine, nije nužno bilo u celoj, jer je bila mnogo veća od gospodara Sofre. Zelene fine svilene haljine, dugačke kožne žute rukavice, o vratu đerdan šestostruk krupnog bisera, ruke upola prekrštene, a u desnoj ruci drži srebrom okovan *Zbornik*; na glavi zlatna kapa, krasan okvir za to lice. Naravno, licem je okrenuta gospodaru Sofri, a gospodar Sofra njojzi.

Na levom duvaru tri alijirta, sve to u zlatnom okviru. Dalje opet slike, ili figure obligatne u svakoj čestitoj kući, *Proleće, Leto, Jesen, Zima*. Na stolu opet leži *Zbornik*, taj isti naslikani, i lepeza, pa onda *Večiti kalendar*. Sanovnik i godišnji kalendar je gospodar Sofra u dućanu držao. Naposletku, na jednom stočiću u uglu veliki švajcarski sat na četiri stupčića od alabastra, i tek se onda navija kad će gosti doći.

Sve to je gospodar Sofra nabavio posle devalvacije, kada je već pre toga crne banke utrošio.

Gospodar Sofra, mada se već obogatio, zato opet uvek je dućan i mehanu držao. Nije hteo dalje od svog izvora.

Kalfe nije imao, držao je samo jednog šegrta, a kad je mnogo mušterija ili gostiju bilo, morali su svi pomagati, i sama služavka, a i sam je služio. Na po godine, pre nego što će šegrta osloboditi, uzeće novog da se malo uvežba, a imao je već i jednog sina koji je pomagao.

Gospodar Sofra jako je voleo Isaila Čamčića. Isail, ili Isa Čamčić, bio je osobita šaljivčina, a gospodar Sofra voleo je šalu, i rekao je i primao je, nije bio mrgoda. Isu Čamčića je od sviju najvoleo.

Isa Čamčić, trgovac bez dućana, imao je kuću i trgovao je sa svačim, sa kožom, platnom, i što god mu do ruke dođe. Oko pedeset godina star, srednjeg stasa, suv, lice okruglo, nos „na nebo vopijušči", usta uvek na smej gotova, oči sitne zelene, lice uvek na ironiju ili šalu gotovo. Duhom pretežniji od gospodara Sofre. Dece nije imao; on sam sobom i ženom može živeti. A bio je te naravi da je ceo svet držao za komediju, i lozinka života mu je bila: „Jedi, pij, veseli se, ta život ne traje hiljadu godina".

Rado se družio sa onima od kojih je bio duhom pretežniji, a da s njima lakše šalu zbija.

Nije se nosio kao gospodar Sofra. Premda je u poslen dan i on nosio jankl od manšestra, ali pokraj toga pontalone i kapu. Nedeljom i svecem u paradi, kaput od zelenog trajdrota i pantalone na hozentregere. Pa kakvog je divnog kroja taj kaput, dugačak do pete, a struk i dva dugmeta na sredini rtenjače! Pa kalajisan šešir, cilindar dole uzan, gore širok, kao izvrnut kotlić.

Gospodar Sofra rado se s njim družio, i k njemu je odlazio kartati se friše fire ili marijaš. Išli su skupa u subotu i na večernje u crkvu, i oboje su pojali za dve pevnice. Gospodar Sofra je bio dobar pevac, bar on se za takvog držao. Tom prilikom bi se nadmetali, osobito treći glas je voleo gospodar Sofra.

Praznikom velikim već nije se smeo upustiti, no čitao je Očenaš, učitelj mu knjigu držao, a gospodar Sofra bi u čteniju kazatelni prst, na kom je veliki prsten, na knjigu metnuo. Pa kad su takvom prilikom u crkvu ušli, divno ih je bilo videti u trajdrotu i dolami. Posle službe gospodar Sofra obično bi učitelja na ručak pozvao.

Dođe Čamčić gospodaru Sofri. Baš je bio ponedeljak. Bilo je posle ručka.

— Na zdravlje ručak, Sofro! Jesi l' za razgovor?

Gospodar Sofra je još za trpezom sedeo.

— Jesam, sedi, Čamčo — sipa mu u čašu vino.

— Fala, baš sam i ja sad ručao. Jesi l' juče imao dobra pazara? Ta kod tebe uvek dobro ide.

— Fala Bogu, jesam, imao sam noćas i lađara dosta u meani, samo ta vraška deca da me slušaju, već sve od posla izmiču.

— Pa kaži mi kog vraga već trguješ, zar još ti nije dosta, ta već si malim Ročildom postao! Ja da sam na tvom mestu, ne bi' se više mučio, već bi' se svega manuo, pa bi' komotno živeo.

— Ja sam već tako naučio, da bez posla živeti ne mogu.

— Pa dokle ćeš tako živeti?

— Dok mogu raditi; znaš, koji je kako živeo, tako mora i umreti.

— Pa već i tvoj Pera skoro će te zameniti.

— Moj Pera još nije zreo, sad mu je tek sedamnaest godina, pa još kapom vetar tera.

— A da šta će, kad se otac za njega pobrinuo.

Gospodaru Sofri je to milo.

— Al' sam se dosta namučio.

— Da ne bi Buniparte, i ti ne bi do toga došao. I ja sam imao sandučić crni' banaka, no zadocnio sam se.

— Ne bi' propao ni da sam se zadocnio, jer kuća i dućan bi mi ostali, pa bi' opet nanovo.

— Bome, da sam bogat kao ti, stidio bi' se te drombulje i čegrtaljke prodavati.

Gospodar Sofra smeši se. Rado sluša o svom bogatstvu, i rado pripoveda kako se pomogao.

— Ja sam bio siroma', učio sam i tabakluk i trgovinu. Teško mi je bilo do tri hiljade doći. Dvadeset godina je trebalo da sam mogao reći, imam načisto bez duga tri hiljade forinti. No kako sam do tri hiljade došao, onda sve je od sebe dalje išlo, pet, deset hiljada i više. Pa kad se opomenem kakvi su preda mnom bogati trgovci bili, kakav je bio Toša Sarajkić, pa eto došao do prosjačkog štapa. Ko bi pomislio da ću postati bogatiji od njega i od njegovi' sinova!

— Možeš Buniparti sveću upaliti.

— Ne Buniparti, već caru Aleksandru i Kutuzovu.

Onda se još sve na svetu o Buniparti, Aleksandru, Kutuzovu, Miloradoviću i drugim znamenitim ljudima govorilo, ali sve o ratu.

— Al' vraški je čovek taj Buniparta, taj će još načiniti posla, moj Sofro!

— Može lako biti, da ga već 'oće u kavez, kao što sam čitao kako je Tamerlan Bajazita.

— Ja ne bi' tako, Sofro, da sam ja đeneral; ja bi' s njime sasvim drukčije postupio.

— Kako?

— Ja bi' ga pustio nek dođe sa velikom vojskom, a ja bi' na njega sa malom. Cara bi' molio najpre da opet dâ praviti sijaset crni' banaka, pa bi' tê opet pretvorio u talire i dukate. Tada bi' dao razglasiti u vojski francuskoj, da koji vojnik dezertira i k meni dobegne, dobiće sto talira, i dvesta, a oficiri toliko dukata, pa da vidim ne bi l' francuska armada k meni dobegla...

Gospodar Sofra slatko se smeje, briše oči.

— Ala si ti baš veliki đavo, Čamčo, tebe bi trebalo za đenerala načiniti!

Čamča ćuti, pa opet nastavi:

— Znaš šta bi sad dobro bilo, Sofro!

— Šta?

— Da dođeš k meni, sazvao sam društvo, pa da se malo kartamo.

Gospodar Sofra misli se.

— Ne branim, sad posle podne ionako nema mušterija, a lađari tek pred noć dolaze. Milane!... Zovite Milana.

Viče šegrta. Milan dođe.

— Da znaš, sad ću malo otići, a ti pazi, vino neće do večere prolaziti, ali opet nešto ću ti ostaviti, ako ko uzište. Hajd'mo!

Digne se gospodar Sofra, izvuče jankl, pa ode sa Čamčom u dućan, i zapovedi šegrtu da postoji u dućanu, pa onda ode u mehansku sobu, zaviri u šenktiš da vidi ima li još što vina u bokalu. U bokalu vina do polovine. Izvadi iz džepa kredu pa povuče tanku liniju — belešku dokle je vino, pa opet u dućan.

— Milane, u bokalu ima još dosta vina, al' teško da će ko tražiti, no opet da ga imaš.

Tako Čamča i gospodar Sofra odu, i maločas, pa su kod Čamče. Čamčina kuća je niska no podugačka. Tu je i kafana. Čamča i trguje i kafanu drži. Momka ne drži, služi on i njegova gospođa Sara. Suvonjava visoka ženska oko četrdeset, pitomog izgleda.

Uđu u kafanu. Tu je jedan stari bilijar, već iskrpljen, stolice dosta stare i otrcane, pa četiri mala zelena stola, i jedan veliki. Ima već i društva.

— Daj, Saro, dvaput kafe.

— Odma'.

— Hajd', Sofro, sedimo. Šta ćemo se kartati?

— Malo nas je, nek dođe još kogod.

Čamča pozove još dva gospodara, purđera, i sad pitaju se šta će igrati. Jedni su za friše fire, a drugi su za punišaka, slože se za poslednje. I kafa se donese.

Igrali su na male novce, na krajcare. Badava hoće Čamča da povisi taksu, gospodar Sofra ne dopušta.

Donekle tako igrali, i svrši se tim igra, da je gospodar Sofra pokraj makovog keca ostao platka.

Ljutito baci kartu o sto. Svi se smeju.

— Neću se više igrati, nit sam stekao na kartama, i mojim sinovima, da znam da će biti kartaši, sad bi' im još šiju zavrnuo.

Ustane, hoda, pa puši. Još malo, pa i ostalo društvo digne se, jer kad nema gospodara Sofre, nema ni punišaka ni smeja. Gospodar Sofra sedne sam za jedan sto, pa ište vina. Čamča mu donese, i sedne do njega, gospođa Sara ostale goste služi.

Čamči u glavi vrze se neki plan. Dok je u kafani, misli se kako bi dobro bilo ovom ili onom robom špekulirati. Kada trguje i putuje, onda opet želi kući i planira kakvu će veliku gostionu i kafanu načiniti. Nepostojan duh.

— Znaš, Sofro, šta bi' ti rekao?

— Šta?

— Hajd' s čim god da špekuliramo, šta će ti ta bakalnica?

— Ja mogu i bakalnicu imati i špekulirati. No, s čim da špekuliram?!

— Ma s čim. Hoćeš li sa vinom? Vidiš sad kako je dobra cena u Đuru i Požunu, ne bi zgoreg bilo dve-tri lađe odneti.

— Neću, vino se pije i uvek ga je manje, teško se pazi na njega.

— Ajdmo gore u Slovačku, na Vag, da spustimo Dunavom splavove pa od čamova da pravimo tačke, pa da prodajemo, tu ima profita.

— Mrzi me na vodi trgovati.

— Ajdmo u Lajpcig, pa da donesemo razna espapa.

— Nisam za lajpciški espap, volem sa platnom.

— Pa dobro, ajd' sa platnom.

— Pa kuda, u Šlesku?

— Ja bi' bio za Krakovu.

— Davno želim i sam u Krakovu, još onde nikad nisam bio.

— Dakle, ajd' u Krakovu.

Gospodar Sofra misli se, o tome već davno planira.

— Ta kako sam da idem?

— Kad bi ti pošao, išao bi i Jova Krečar.

— Ne bi zgoreg bilo, onda bi' i ja išao.

— Pa i sam bi' išao. Nešto novaca imam, a još bi' nešto podigao, i ako ne bi' mogao kao i vi, a ja bi' pokraj vas profitirao, jer kad se u većem kvantumu kupi, jeftinije stoji, a ja sam bio već više puta u Krakovu, sve poznajem u prste.

— Promisliću se.

Tako se razgovaraju, i Čamča svojim slatkorečijem bacio je gospodar-Sofri crva u glavu; neće dugo trajati, pa će se odvažiti.

Sad se gospodar Sofra digne, vreme je već, mora kući. Ode.

— Zbogom, Čamčo.

— Zbogom, Sofro; promućkaj dobro što sam ti kazao.

Kada kući dođe, prvo stupi u dućan, pita Peru je li što pazario.

— Je l' bio kogod, Milane?

— U dućanu sam prodao neke sitnarije, igle i konce, drugo ništ'.

— A vina?

— Nije niko tražio.

Sad gospodar Sofra uđe u mehanu, pogledi u bokal, nema štrikle što je kredom prevukao, a vidi se da nešto fali. Dok je bio kod Čamče, donde je Milan bokal nagnuo i malo se napio.

— Odi, Milane, ovamo.

— Izvol'te.

Milan dođe, gospodar uhvati ga za levo uvo, pa mu glavu k bokalu pritegnuo.

— Gledaj, fali li što u bokalu, jesi l' otpio?

Promrda ga.

— Jesi l' pio?

— Nisam.

— Šta lažeš, kad sam kredom zabeležio dokle je bilo; kaži pravo, jesi l' pio?

— Jesam.

Gospodar gleda ga napreko; Milan strepi.

— Još jedared ako te uhvatim, oteraću te, znaš!

Gospodar Sofra bio je strog, ali pravedan prema mlađima. Nije se niko mogao potužiti da je gladan, no nije trpeo biranje u jelu. Tako kad je primetio da ko šta ne voli jesti, on je baš to dao kuvati. Kad je saznao i primetio da ko ne voli žutu repu, on je baš to dao kuvati, pa i sam nije voleo žutu repu, ali pri trpezi ipak je dosta jeo, i hvalio kako je dobra, jer hoće da nauči mlađe na svašta. Naprotiv, kad je video da kogod bajagi neće da pije vino, on donde nudi, dok ga ne prinudi, jer veli nema gore nego koji se izvlači, ti će biti tek pijanci, ili već jesu.

Gospodar Sofra ima petoro dece. Pera je najstariji, pa onda dolazi Lenka, Pelagija, i Katica, i mlađi sin Šamika. Devojčice kao tri ružina pupoljka, između petnaest i deset godina.

Šamiki je sedam godina, na znamenju nadenuli mu ime Samuil, a kad su ga krstili, dobio je ime Aleksandar, no gospodar Sofra skopčao je oba imena, i dobi treće ime — Šamika.

Lenka je katkad morala i u dućanu pomagati, kad je vašar, ili inače kad ima mnogo mušterija, tako isto i gospođa Soka, premda im nije išlo od srca. Ali tek nisu hteli gospodaru Sofri volju kvariti.

No i gospodar Sofra u drugome čemu po volji im je činio. Tako kupio im je karuce, i lepe konje, pa ako u subotu u dućanu prodaju, u nedelju se na karucama vozaju. Gospodar Sofra pak tek onda se na karucama vozio, kad je trebalo veliku gospodu u deputaciji pratiti, ili ako ide u veću varoš, i onda bez dolame ne ide. Treba znati da je gospodar Sofra Kirić izbrani „obštestva člen”, „trajtaer”, to jest jedan od trideset odbornika, koji magistrat biraju.

Premda je gospodar Sofra bio pravi gazda u svojoj kući, ali u važnijim, osobito vankućevnim stvarima, uvek bi se upitao za savet kod gospođe Soke, na primer prilikom reštauracije koga će za što birati, i onda kako je gospođa Soka kazala, tako je moralo biti.

Dakle, kada je kakva važna stvar, onda gospodar Sofra drži sa gospođom Sokom sovjet, i to u paradnoj sobi, i tu onda deca ne smeju se vrsti, znaju već da se o nečem velikom radi.

Gospodar Sofra pozove gospođu Soku na sovjet u paradnu sobu. Sednu, pa gospodar Sofra započne:

— Znaš, Soko, imam s tobom važnog razgovora.

— Pa govorite šta ste radi.

U ono doba u purđerskom životu žena mužu je govorila sa „vi", pa ako se slučilo, da u kakvoj otmenijoj kući žena mužu kaže „ti", toj kući nisu najbolje prorokovali. Onda bi purđer, kao što je gospodar Sofra, rekao: „Pogibelj od tebe, Izrailje", ili: „Tu žena nosi čakšire".

— Vidiš, Soko, mi, mada smo već bogati, moramo dalje terati, i ja sam naučen jednako raditi. Novaca imamo dosta; novce da uzajmimo kakovim izelicama, pa da ne plate, pa da nas advokati, prokatori i sudovi poje, to neću; volem u špekulaciji izgubiti, 'de sam i stekao, neg' da me poje. Ja sam se predomislio, da idem u Poljsku, u Krakovu, da donesem platna.

— Zaboga, pa zar tako daleko biste išli?

— Čekaj, nemoj da trčiš napred. Vidiš, ja sam već na leđa peti krst prebacio. Istina, imam imanja dosta, al' imamo petoro dece, pa još tri devojke. Tê treba udati, i to dobro udati, pa tu treba novaca. Pera nek bude trgovac, a šta misliš šta ćemo sa Šamikom?

— Šamika nek uči škole.

— Da, nek uči škole, al' škole mnogo staju. E, dobro, nek ide u školu, al' šta da bude od njega?

— On će sam posle birati.

— To mi nije dosta, 'oću unapred da znam, čemu ću ga upraviti. Mislim, kad svrši više škole, da ga dam u Karlovce u bogosloviju, pa onda da bude kaluđer; kaluđeri najlakše žive, a može postati vladika.

— Ja ne bi' za to bila. Čula sam kako je to teško biti na iskušeniju, onde jako sekiraju, ne jedan je od toga već umro.

— Pa ne mora baš biti ni kaluđer, može biti prota, i to nije rđavo.

— Ne bi' volela da nosi reverendu, volem sablju.

— Šta, da bude soldat, a Buniparta još živ? To nipošto.

— Ima još i drugi' koji nose sablju.

— Šta, valjda advokat prokator, ima ih kao kusi' pasa!

— Fiškal, pravi čestit advokat zove se fiškal, pa to je velika čest i sloboda, i svud je otmen.

Mada je gospodar Sofra mrzeo advokate, ali ipak laskalo bi mu da ima sina fiškala, pa da nosi vremenom jošt drukčiju dolamu i ćurdiju negoli on.

Razmišlja.

— E, pa dobro, nek bude fiškal; ako baš i ne bude terao procese, on će bar svoje braniti. Dobro, neka bude fiškal.

Tu je već sudba Šamikina rešena. Njega će od sada zvati „mali fiškal". Tako se lako dao gospodar Sofra prelomiti na volju gospođe.

Jedno je svršeno.

— Ja ću se razgovarati sa Krečarem, pa će i Čamča ići s nami u Krakovu, sve poznaje u prste onde.

Tako se svrši sovjet. Raziđu se, gospodar Sofra pregleda dućan, pa ode Krečaru, da se dogovara. Krečar je baš bio kod kuće. Bogat čovek. Tu je već kod Krečara.

— Dobar dan, Jovo. Bi l' pogodio za što sam k tebi došô?

— Otkud ti kod mene? Milo mi je, sedi.

— Došao sam k tebi da mi za kratko vreme uzajmiš deset hiljada forinti.

— Nemoj da bulazniš, Sofro, imaš više novaca neg' ja, ta ti si prvi gazda sad u varoši!

Gospodar Sofri dopada se, smeši se.

— E, šta ćemo, moramo se za decu pobrinuti, kad umremo da ne reknu: gle, šta su nam ostavili.

— A šta su nami ostavili?

— E, drugi je svet onda bio, sad bez novaca nikud, nit možeš kćer udati bez novaca, a ja sam moju Soku badava uzeo, bez prebijene krajcare, nije donela ni svoje darove, već je uzajmila od svoje drugarice, pa joj posle vratila. Ti znaš kako sam se oženio, valjda si čuo.

— Čuo sam. Tvoja Soka je bila u varoši najlepša devojka, momci se za nju grabili, ali mati, namrštena udovica, gledala je kao zenicu u glavi, pa si ti došao kao udovac, pa si je uzeo.

— Pa to je sve, drugo ništ' ne znaš?

— Više ništa, samo se čulo, da je siroma' Đoka Miloradović prosio, pa je onda umro.

— Ne znaš ništa, ja ću pripovedati kako je to bilo.

— Čekaj, dok dam doneti vina, ionako je posle podne, pa da mi natenane pripovedaš. Sećam se da je neka velika huka bila, ali ja nisam bio kod kuće, bio sam na vašaru.

Iziđe Krečar, da zapovedi da donesu vino.

Gospodara Sofre slaba je strana bila, da je rado pripovedao o svojoj ženidbi i kako se obogatio.

Krečar se vrati, i već vino nose. Gospodar Sofra produži.

— Dakle da ti ispripovedam. Kao što znaš, učio sam i tabakluk i trgovinu. Oženio sam se prvi put, no nisam bio srećan, žena mi imala jektiku, pa je posle pet godina umrla bez dece. Bog da joj dušu prosti, pošteno sam je služio, i ma kako sam se mučio, nisam mogao do ničega doći, tek jedva kraj s krajem. Ostado' udovac, posao mi bolje pođe, pošten sam čovek bio, stari gospodari nudili mi novaca na mali interes, ja sam doduše pošteno i uredno interese plaćao. E, druga su onda bila vremena! Posao mi sve bolje išao, sve sam više ulagao, više primao, a manje trošio, svi su me falili da sam vredan, štaviše, držali me da se počinjem bogatiti, pa sa sve strane oblećaju me da se ženim. Nude mi devojke, no nijedna nije mi se dopala, a bolešljive više nikad neću, no zdravu. Dakle, sam sebi sam se zarekao da ne uzmem koja je jektičava, ma za nikakve novce, nego ću uzeti ma sirotu, samo da je čestita, zdrava i vredna, pa ako je još i lepa, utoliko bolje. Pravo da ti kažem, i ja sam voleo imati lepu ženu, pa još ako je mudra k tome.

— Ipak nisam se hteo ženiti, dok se nisam od duga oprostio, pa kad sam pogledao na moje malo, nezaduženo dobro, srce mi igra. Sad sâm sa mojim čistim novcima radim, posao mi ide dobro, napredujem, svet me već baš za bogatog čoveka drži, istina, već sam dobro stajao, ali ni pola nije bilo istina što je svet govorio. Svet obično, kad se kome zlo vidi, načini od muve medveda, pa ga izviču da je sasvim propalica, a kad mu se dobro vidi, preteruju, više ga cene neg' što treba. No sad baš nakanem se ženiti. I to ženiti se po svojoj punoj volji; hoću da biram. Kad čovek na vašaru kupuje životinje, on gledi od kakve je fajte? Zašt' da i ja to ne činim, neg' da uzmem koješta, pa posle da ostavim bogaljeve, da me i posle smrti proklinju što sam im otac bio, a nisam kriv?

— Bio sam baš neko vreme na putu, pa sam se duže zabavio, al' sam i profitirao, kupio sam mlogo salfijanske kože, čak iz Bitolja, jer ja sam svačim trgovao, kao i sad. Vratim se, čujem da Sokina mati, Tatijana, Ugiješina udovica, ima divnu valjanu kćer, sva je varoš fali. Poznavao sam pokojnog Uglješu. Bio je valjan, ugledan čovek, sekao je svinjsko meso u svojoj maloj kućici, i porodicu 'ranio. Sada njen sin Đoka seče meso, i tako životare. Jedno pre podne, obučem se lepo, pa idem upravo u kuću Tatijane Uglješine. Bilo je osam sati. Uđem u dućan, onde samo Tatijana, baš je meso reðala. Reknem joj: „Dobar dan, gospođo Tatijana, šta mi radite, nisam vas odavna video". A ona mi odgovori: „Ni ja vas, otkud vas kod mene, valjda izvolite mesa?" Ja priđem bliže k njoj, pa joj šapnem u uvo: „Čujem da imate valjanu kćer za udaju, imam za nju đuvegiju". Odgovori mi: „Neka, ako Bog da; želite li je videti?" — „Za to sam došao."

— Kad najedared iskrsne devojka kao pelivan, ne mogu ti iskazati kakva je to devojka bila, kad je glediš od glave do pete, da si gladan, nasitio bi se, ne znaš šta je lepše u nje. Pa obučena ne na visoko, nego srednje, a sve dobro stoji. Dok je dete bila, i posle, viđao sam je, al' u mom poslu i bedi nisam uzroka imao paziti kakva je. A da, došao sam zato tako rano, da vidim je li uranila, je li obučena, da li se ne češlja u deset sati kao neke frajle.

Badava, dopadne mi se; sad ću odmah kratak račun načiniti. Šušnem materi do dođe u sobu, imam joj nešto reći. — Gospođa Tatijana reče kćeri: „Ostani, Sofija, u dućanu, ja imam sa gospodarom Kirićem posla".

Uđemo u sobu.

— Je l' to vaša kći, gospođo Tatijana?

— Jeste.

— Imate li već za nju kakvog đuvegiju?

— Ta bilo bi — ali znate, svaka mati traži za kćer što bolje.

— Kol'ko joj godina?

— Sad joj osamnaest.

— Dobro, ja sam trideset i pet i udovac, stanje moje znate. Da se mnogo ne razgovaramo: 'oćete l' dati vašu kćer za mene? Dopada mi se, i mlogo sam dobra o njoj slušao, zato sam došao da je vidim, i bez svake ceremonije zaprosim, ako bi' korpu dobio, da mi se svet ne smeje. Šta mislite?

— Vi se, gospodar-Sofro, šalite, moja Sofija je siromašna, ne može vam ništa doneti, a vi ste bogat čovek.

— Ništ' to ne čini. Pitam vas opet, 'oćete li vašu kćer za mene dati? Ne ištem ni krajcare.

Gospođa Tatijana malo misli se, pa opet:

— Dajte mi na promišljanje jedan dan.

— Nek bude tri dana. Sad zbogom! Imam posla. Posle tri dana poručite mi.

— Zbogom.

Ja ću opet kroz dućan napolje, pogled bacim još jedared na Sofiju, dobro je izmerim, pa joj rečem: „Zbogom draga", a devojka se smerno pokloni, i tihim glasom otpozdravi: „Zbogom". Kanda me munja porazila, tako mi je to „zbogom" kroz srce prošlo. E badava, ljudi smo, zaljubio sam se. Mučno čekam treći dan, kad evo baš treći dan pred veče pošlje gospođa Tatijana jednog svog rođaka k meni, i javi mi da dođem, da će me pre podne u deset sati dočekati.

Jedva dočeka', odem tamo, al' devojka lepo, al' ne skupoceno obučena, al' tek ipak malo paradno. Odma' sam poznô, da je stvar dobro ispala. Iz očiju devojke ne poznaje se ni žalost ni radost.

— Dobar dan, gospođo Tatijana, evo mene, hoće l' biti štogod?

— Svršeno je, moja Sofija od svoje volje pruža vam ruku. Je l' tako, Sofija? Ona odgovori: „jeste", al' vrlo tihim glasom.

Opet je upita: „Hoćeš li Sofija poći od slobodne volje za gospodara Sofronija Kirića? On je čovek uredan, imućan, kod njega ćeš dobro živeti, čula si od mene, kako je sa prvom bolesnom dobro živeo, kako ne bi s tobom?"

— Od slobodne volje — odgovori Sofija.

Onda joj i ja pružim ruku, a materi kažem da bude odma' sutra prsten, da ne treba nikakovi' priprema i darova, no odma' prsten, pa onda venčanje. Dok je vrelo gvožđe, treba ga kovati. Ta se stvar ugovori, a sutra prsten. Darivao sam je sa dvadeset i četiri dukata. Izvučem posle dišpensaciju i venčamo se, i tako do sad srećno živimo. Kupio sam joj posle jedan đerdan od bisera, šest nizova kao grašak, dao sam za njega šest hiljada forinti istina crni' banaka, al' su tek opet bile banke u kursu. Posle devalvacije kupio sam joj i karuce. No što je najlepše bilo, pri prosidbi, mati je prićutala, da je Sofija već potajno zaručnica bila pokojnog Miloša Miloradovića, i imala već i prsten od njega, samo nije sveštenik bio pri ceremoniji, i skoro bi se venčali bili, i kao posle saznam nešto da su se i voleli, al' mati volela je zrelog imućnog čoveka, neg' mladog vetropirovića, koji ništ' nema osim ono malo dućanca prazna, pa ako bankrotira, da joj dođe kći na vrat. Ja sam pobedu održao, a devojka vrati prsten Miloradoviću, koji posle naskoro od žalosti za Sofijom umre. Siroma' momak, ipak žao mi ga je bilo, al' šta ćeš, kako će da se bode šut sa rogatim. Eto vidiš tako sam ti se ja oženio.

— Sve sam ja čuo za to, samo pre neg' što sâm ne ispriča, nisam ti ništa hteo govoriti, štaviše, i to sam čuo, kako je mati posla imala dok joj je za tri dana Miloradovića iz glave istrebila. No, manimo se već toga, počnimo drugi razgovor. Šta ti deca rade?

— Svi su zdravi, baš danas se sa ženom razgovaram, šta ćemo sa decom, devojke već rastu, dorašćuju, Pera danas-sutra već je čovek, treba mu trgovine, a Šamika u školu.

— Zar će Pera ostati u trgovini? Ja sam držao ti ćeš njega kao ekonoma u kući.

— I za to, i za trgovca, i za sve, kao što sam i sâm.

— A šta misliš docnije sa Šamikom?

— To što i ti sa tvojim Tošom; daću ga za fiškala.

Krečar je imao već sina juristu.

— Kog vraga će nam toliki fiškali. I sâm se kajem, što ga na drugo što nisam dao, i doduše, ja nisam hteo, al' mati je navalila: samo fiškal, fiškal.

— Tako isto i kod mene, moja je navalila samo fiškal, ajd' nešto i po njoj nek bude, a kao otac sve ću učiniti, trošiću koliko treba, samo da bude čovek. Ta valjda fiškal svaki ne mora biti varalica. Koliko sam ih sâm čestiti' poznavao.

— Tako je, i sam se nadam, da će od Toše čovek biti, dobro se uči. No kaži mi, Sofro, kako je s pazarom?

— Ta ono ide pomalo, no rad bi' što veće da započnem. Rad bi' sa platnom. Ja doduše imam platno u dućanu za svakidašnju potrebu, al' ja bi' rad štogod alagroso, samo da imam još s kime.

— Da vidiš, to ne bi zgoreg bilo, tu je lepa cena u svoj okolini, samo je daleko donositi.

— A otkud bi sad najbolje bilo?

— Sada iz Poljske, i to iz Krakove.

— Jesi l' onde bio?

— Nisam, al' čuo sam od oni' koji su onde bili nedavno, da je pojeftinilo platno; mlogo je izrađenog.

— Pa hajd', da idemo.

— Ne branim, hoćeš mi uzajmiti novaca?

— Šta zbijaš šalu, kad znam zašto hoćeš platno, jer nećeš badava da ti novac u sanduku leži.

Gospodar Sofra umilno se smeši.

— Pa hajd', hoćeš li u kompaniju, il' svaki za sebe?

— Svaki za sebe, al' ćemo u skupu kupovati, pa onda kod kuće podeliti.

— Hoćemo li jošt koga s nami povesti?

— Možemo Čamču, štaviše, moramo ga onde imati, kupiće i on nešto malo, a i mi ćemo mu nešto dopustiti.

— Pa dobro, kad ćemo se dogovoriti?

— Možemo sutra, kod mene, il' kod tebe, no moramo i Čamču pozvati.

— Na svaki način.

— E sad smo opet nešto svršili; dakle sutra posle ručka čekaću te, a poruči Čamči da dođe.

— Dakle, doći ćemo.

— E, sad je vreme da idem, da vidim šta se kod kuće radi. Zbogom.

— Zbogom, dakle sutra.

Gospodar Sofra ode. Dâ na znanje gospođi Soki, da će sutra posle ručka doći Krečar i Čamča na ugovor, pa posle da pripravi večeru, jer po svoj prilici biće duga razgovora, te posle podne provući će se do večere.

Sutradan posle ručka eto Krečara i Čamče kod gospodara Sofre. Već su tu. Klopkaju na vratima.

— Herajn.

— Na zdravlje ručak, Sofro! Eto nas kod tebe — reče Krečar.

— Na zdravlje! Sedite. Soko, idi malo onog boljeg vina pošalji, pa i kafe.

Gospođa Soka iziđe; ona je njega razumela.

Kad je gospodar Sofra kakav dogovor imao sa stranima, onda je gospođa Soka morala napolje ići, a znak je njegov po pogledu primala.

— Šta ima novog?

— Ništa, došli smo da se o onom jučerašnjem prorazgovaramo.

— E dobro, dakle kako mislite sa tom Krakovom?

— Neka Čamča kaže.

Čamča je u mladosti više puta bio kao kalfa sa svojim principalom u Krakovi, pa je Poljsku unakrst poznavao.

Čamča će biti đeneralštebler ovog trgovačkog pohoda. I on će nešto profitirati, a ovamo praviće o njihovom trošku putešestvija, a to je život za njega.

Sad će Čamča svoj plan predložiti.

— Dakle, da vam kažem. Tu treba kapitala bar dvaest hiljada forinti. Jeste li za to?

— Jesmo, biće i više — reče gospodar Sofra.

— Ja ću za sebe uložiti samo jednu hiljadu forinti, a vaš će biti sav putni trošak, zato ću vas ja svud gde treba voditi.

— I to je dobro — reče Krečar.

— Za sve to trebamo troja jaka kola sa arnjevi; u svaka upregnuti po tri jaka konja.

— I to će biti.

— Dalje treba četvrta kola, putešestvena, na kojima ćemo sedeti mi sa kočijašem. U ova kola spremićemo 'ranu i piće za put.

— To se razume, i ta kola moraju biti sa arnjevi — odgovori Krečar.

— No, da se putni trošak isplati, to će ovako biti. U Poljskoj je vino vrlo skupo, pa da ponesemo jednu petorku fina vina, ne vina, nego auspruha, i to starog. Kod nas možemo dobar stari auspruh dobiti akov po sto forinti, a takovi plaćaju velikaši u Poljskoj najmanje pet stotina forinti za jedan akov. Eto profita.

— Pravo kaže Čamča, tako je, nabavićemo i to.

— No treba još nekoliko flaša za koštaljku poneti, da bure ne otvaramo.

— Ni to ne sme faliti.

— Pa onda treba da se četrnaest dana prepravimo za put, da se što pre krenemo, da stignemo na godišnjak — vašar u Krakovu.

— I to je u redu — upadne Krečar.

— Drugo baš ništ', samo još novac, pa je sve gotovo.

— Dakle, hoćemo li, Krečaru?

— Svršeno je.

— Daj ruku.

— Evo, ja nosim deset hiljada!

— Ja dvadeset.

— I ja dvadeset.

— Ja trideset.

— I ja trideset.

— Daj ruku.

— Evo.

Gospodar Sofra pljesne ruku Krečarevu, i dogovor je svršen.

Sad se razgovaraju o konjima, kolima, dugačkim platnarskim sanducima, o auspruhu; njih dvojica, gospodar Sofra i Krečar, staviće iz svog podruma, ne treba da kupuju. Tako u razgovoru nastupi veče, i večera je tu. Svi zasednu. Tu je i gospođa Soka sa celom porodicom. I Milan šegrt dobio je dole mesto. Kod gospodara Sofre i šegrt za trpezom ruča. Mati se tek katkad digne da nadgleda, a Lenka i Pelagija služe. Tu je i Pera. Katica sedi do Šamike, „malog fiškala". Jelo se nosi, večeraju, „mali fiškal" neće da jede, barljija, Katica ga kori, inate se, i stariji u razgovoru na njih ne gledaju. Večera nije velika, samo tri jela, a pre trećeg Milan će ustati i zahvaliti se, jer šegrt za večeru trećeg jela nema. Još malo pa će se dići Katica i Šamika, i poljubivši svima ruku udalje se na spavanje.

Sad otac oslovi Lenku da i ona sedne, i dâ doneti auspruha.

Donesu ga. Auspruh od deset godina, miris, slast, snaga osobita. Domaćin sipa.

— Hoće l' biti, Čamčo, ovaj dobar za Poljake?

Čamča košta.

— Osobiti.

Košta Krečar.

— Osobito dobar, i ja imam takvog istog, možemo ih smešati.

Kad se malo podgrejaše, dođe domaćinu volja da se malo popeva.

— Ded, Lenka, popevaj! Znaš ono moje.

Lenka je već znala šta otac želi, namesti malo usta, pa započne.

U mestu prijatnom,
tihoj pustinji.

Pelagija joj pomaže, ali visokim alto tonom, dakle dva alta, mati tiho pomaže, počne iz ženskog soprana, pa opet pređe u alto, sad već tri alta, ali kad se gospodar Sofra uspali, u desnoj ruci drži čašu sa auspruhom, ali ne onakvu šampanjersku, već pravu čašu, pa počne i on izvijati, pa dobije volju i Krečar, i Čamča, pa izmešaju glasove, jedan udari u bariton, a drugi u bas, pa se sastave opet u alto, užasan diskant. Sirota Lenka usiljava se svakako, al' su ih muški matori glasovi nadmašili, dok ne bude prinuđena pre svršetka umuknuti, i pred starcima kapitulirati, koji su opet zaboravili na Lenku, pa svaki po svom ćefu tera i glas menja. Kako su to bili divni prelasci iz jednog glasa u drugi!

A sirota Lenka, lepša nego njena pesma, nije imala pred očima svež jutrošnji cvet, mladost, koji bi joj žice srca zategô. Tako je pevala, kao slavuj pri kraju leta. Ta, kad je čovek pogledao na Lenku, Pelagiju i pevajuće starce, tako je izgledalo, kao kad čovek vidi u jedan mah kišu i dugu.

Kad se ispevaše, domaćin dâ znak, da se deca udalje, a mati to sve izredi. Ostaše njih trojica i gospođa Soka. On je voleo kada ona do njega sedi, pa makar koliko i kakvih gostiju bilo, i kad poslužuje, i onda je njena stolica do gospodara Sofre ma prazna, pa kad dobije vremena a ona tek onda sedne.

Gospođa Soka, mada je bila lepa, ipak nije bila koketa nikada, i bila je sa svojim Sofrom sasvim zadovoljna; no i gospodar Sofra bi za nju život dao. U pređašnje doba, dok je gospođa Soka još mlađa bila, a gospodar Sofra tek imućan čovek bio, još ne bogat, dolazili su poznati i prijatelji u kuću više nego sada, no gospodar Sofra mnoge je odbio, koji nisu znali obitelj njegovu uvažiti. Tako bilo je, koji su mu u kuću dolazili, pa pri čaši vina zbijaše sa domaćinom šalu, koji je šalu rado primao, ali ne da se njegova važnost kao domaćina vreća. Tako bilo, koji da se umile domaćici, počeše se gospodaru Sofri podrugivati, i svaki „krivonogim Sofrom" ga nazivali, da bi mu cenu kod supruge pobili. Onda bi se gospođa Soka namrštila, bacila bi prezritelan pogled na takvog deliju, a gospodar Sofra ućutao bi, i svojim ćutanjem protivnika prinudio da se udalji, a posle dao bi mu na znanje, da više njegov prag ne prekorači. Tada bi gospodar Sofra rekao: „Koji se mužu pred ženom podsmeva, taj nije kući prijatelj, tog ne treba više primati".

Sedne gospođa Soka.

Puše i prelaze u razgovoru sa jednog predmeta u drugi.

— Kako ti se dopada, Jovo, sadašnji svet, je l' kakva je razlika između pre i sada?

— Te kakva razlika!

— Kakav nam je sad magistrat, a kakav je bio pre; prijatelji smo svi troje, pa možemo slobodno govoriti. Sad za mito sve možeš dobiti. Kad je bio negda sudac Paprikić, pa Lovčanin, koji su bili u deputaciji kod Marije Terezije, pa se s njome razgovarali, pa kad dođu u magistrat, u dolami i ćurdiji, pa zlatan pojas, pa samur-kalpak, imao si što videti. Grešnik, već kad ga vidi, dosta mu je; iz celog čoveka je pravda virila. Al' kad su ih birali, nisu za novce glasove kupovali kao sad, neg' mudrog i poštenog su birali. A pogledaj sadašnje, u fraku, navukli su taj lastin rep, jadni, isisani, noge kao dve tačke, a ovamo nikad ih ne možeš zajaziti.

Na to gospodar Sofra uzdahnu.

— Nisu ni onda svi nosili dolame, nego kapute od trajdrota, na tri roga šešir, cipele na šnolu, brkovi obrijani, može biti pošten čovek i u fraku i u trajdrotu — upadne Ćamča.

— U magistratu su bile same dolame, tek 'dekoji kupec je nosio trajdrot; eto kao ja i ti, Čamčo — odgonetne Krečar.

— Ja, bome, neću nikada ni frak ni trajdrot nositi.

Tako donekle se još razgovarahu, dok jedared raziđu se.

Svi se za put uveliko pripravljaju. Sastaju se, dogovaraju se.

Gospodar Sofra je čovek, koji kad što preduzme, mora proderati, kud puklo da puklo. Ko bi ga video pred dućanom kako u janklu izviruje mušterije, ne bi rekao, da je u njemu tako jaka duša. Pred dućanom i u dućanu izgleda kao grk, Cincar, kao domaćin gospodarski gostoljubiv, izvan kuće odvažan, preduzetan špekulant.

Gospodar Sofra imao je toliko svojih konja, da je mogao u sva troja kola svoje upregnuti, no on će dati od svojih jačih konja dva u prva kola, u kojima će se njih trojica voziti, a jednog će dodati Krečar, i još će kupiti tri jaka konja, za treća daće opet Krečar svoja tri, a za četvrta uzeće jednog kiridžiju.

Za osam dana sve je to u redu. Auspruh, i taj je u redu. Približava se četrnaesti dan. Čamča žurbeno trči od gospodara Sofre ka Krečaru, sve uređuje, samo da se šta ne zaboravi, već je i sam sklopio za se jednu hiljadu forinti; sve je uredio kako će gospođa Sara kuću voditi, kafanom upravljati. Poslednjih tri dana jednako se peku, u sve tri kuće kolači, razna pečenja, pripravlja se vino za put. Kad nastane pretposlednji dan, dali su u crkvi za sebe u tišini službu Božju odslužiti, i tu je pojao gospodar Sofra sa Čamčom, pa posle svršetka ispovedili se i pričestili.

Kad je gospodar Sofra kući došao, poruča, pa posle ručka ode u sobu i napiše kratak testamenat, koji je ovako glasio: „Dušu svoju predajem Bogu stvoritelju, zemlji telo, a sve moje dvižimo i nedvižimo imjenije ostaje mojoj suprugi Sofiji Kirić na uživlenije do smrti, a posle njene smrti neka se deca na ravno dele". Onda jošt nije bilo parobroda ni železnica, a opasnost velika suvim putovati. Dozove gospođu Soku, i suznim očima preda joj zapečaćen testamenat u formi pisma.

— Draga Soko, ja idem sutra na veliki, dugačak put; ako umrem, evo ti testamenta, ja sam se za sve pobrinuo.

Gospodar Sofra ugušava bólju, srce mu se steže, usiljava se da mu ne pozna bólje.

Gospođa Soka plače, a ništa ne govori.

— Ne boj se ništa, ja ću se opet vratiti, ali ljudi smo, smrtni, mogu do sutra i kod kuće umreti, a mogu se zdrav vratiti. Vidiš imamo petoro dece, pa 'óćeš da imaš fiškala, taj će mnogo stati.

Tako posle tog žalosnog prizora gospođa Soka se malo umiri, pa je on moli, da decu ne plaši što ide na daleki put, da im kaže da će se skoro vratiti.

Sutradan ujutro sva četvora kola su već u avliji kod gospodara Sofre, pa evo dolaze i Krečar i Čamča.

— Dobro jutro, Sofro, jesmo l' gotovi? Mi smo već sasvim prepravni.

Tu već kočijaši nose bunde, sanduke, sav prtljag, i kod gospodara Sofre u prvim kolima puno je sve, sav provijant: kanda će preko okeana putovati. Sva kola sa arnjevima.

— Sedite još, da doručamo, i mi i kočijaši.

Za sve je pripravljeno jelo i piće. Sednu i jedu.

Sva porodica se sad oko njih vrze, došla je i gospođa Sara da isprati svoga Čamču.

Devojke služe, mati naređuje, tu je i „mali fiškal", gleda u oca brižljivim pogledom, kanda oseća da otac ide na daleki put.

— Jesi l' sasvim prepravan, Sofro? Nisi li što zaboravio? — zapita Čamča.

— Sve je u redu.

— Jesi l' prepravio dolamu i ćurdiju?

— Jesam i pojas, i samur-kalpak.

— I čizme sa srebrnim mamuzama?

— Jesam, i srebrom okovan štap.

— Dobro je, i ja sam poneo moj trajdrot, i šešir, tako isto i Jova, i to sve pakovano metnuli smo u jedan platnarski sanduk, je l' kod tebe tako?

— Jeste.

— Sve će nam to trebati, jer Poljaci su gostoljubivi ljudi, pa ima mnogo gospode, pozvaće nas na ručak, pa ja i Krečar u trajdrotu bićemo kao trgovci, a tebe ću predstaviti kao šljahteca, nemeša, pa kad te vide u paradi, videćeš kako ćeš biti primljen, a i mi pokraj tebe. A 'de je auspruh?

— U prvi koli, 'de ćemo mi sedeti, nije dobro; mora doći u veliki sanduk u druga kola, u sanduk nek se metne seno. Je l' u dva bureta?

— Jeste.

— To će stati u jedan sanduk, jer u prvi koli ne sme ništa biti, osim onog što svaki čas potrebujemo, a ostalo sve u druga kola, jer dugačak je put, da možemo u prvi koli komotno i ležati i spavati. Jesi l' poneo stive lule?

— Jesam tri.

— Dobro je, bez stive lule nije čovek gospodar, osobito šljahtec; na to se u Poljskoj jako gledi.

— A kako je sa oružjem?

— Jedna puška, dva pištolja, i nadžak.

— Dobro je. Sad je sve u redu. Samo neka se iz prvi' kola premesti sve što onde ne treba da bude u druga kola.

Gospodar Sofra naloži Peri, i za tili čas sve je u redu.

— Sad jedimo, napijmo se, pa onda u ime Božje na put.

Već kad je bilo pri kraju, gospodar Sofra digne se i prozbori.

— Vi ste već sasvim prepravni, počekajte malo, odma' ću doći, idem po novce. Onda se udalji.

Gospodar Sofra ode u paradnu sobu, sleduje mu gospođa Soka.

Onda otvori orman, izvadi novce i nužne papire, metne ih u buđelar, a ovaj opet u džep naprsnjaka iznutra, pa se dobro zakopča.

— Soko, budi vesela, pa i ti pripazi malo, jer Pera je još vetrogonja.

Zatim stane na divan, pa iz sveg srca očita molitvu pred ikonom svetog Nikolaja, poljubi ikonu, i, kao neki teret sa srca mu otpao, sad je uveren da će se srećno vratiti. „Vjera spaset.” Sad se vrati i izjavi da je gotov. U srećan put piju poslednju čašu. Dozove svu porodicu, oprosti i poljubi se. Kreću se.

Gospodar Sofra nosi zamašan nadžak, i dobro mu stoji, mada je mali, ali tako zdepast, širok, ruke tako jake, da bi među njima ne jednom mladiću kosti pucale. Kad drži nadžak u ruci, to je kao sa nekim ponosom, dobiva sasvim drugi izgled, da ne izgleda više kao Grk, poznaje se da je bio tabak.

Sad već sedaju. Sve valjani jaki kočijaši. Kola tako izvatirana sa bundama, da prema tim kolima na ajslibanu salonski kupe nije ništa.

Još poslednji put gospodar Sofra digne uvis Šamiku, i poljubi ga. Gospođi Soki i Sari oči suze. Odoše. Gledaju dugo za kolima, dok ne iščeznuše.

VI

Gospođa Soka sama vodi kuću. Ume upravljati, ali za dućan mnogo ne mari. Pera je sad u dućanu i u mehani gazda.

Otac gospođe Soke, pokojni Uglješa, bio je kasapin od zanata, i negda jako imućan. Gospođa Tatijana, Uglješina žena, bila je iz dobre, trgovačke kuće i vaspitana. Lepu su kuću vodili, no pokojni Uglješa rado se kartao, pa se upleo i u neke procese nasledstvene, pa mu advokati i sudije pojeli sve. U tome je mnogo bolji bio gospodar Sofra, koji je igrao punišaka, a od procesa bi zazirao, i uvek bi rekao: „Bolja je mršava nagoda, nego debeo proces".

Dosta to, da posle smrti Uglješine ništa nije ostalo, samo jedna kuća, i ta mala. Sad tek, kao udovica, morala se mučiti gospođa Tatijana; bila je prava „mučenica Tatijana". Sin joj već dorastao, i sekao je razno meso, i pokraj toga su živeli. I to dobro su živeli, jer gospođa Tatijana sve je znala u kući razdeliti, podeliti, da ništa ne bude izlišno, a opet da je dosta. U haljinama umereno, ali ukusno, tako, da kad je kći Sofija što na sebe metnula, sve joj je dobro stajalo. Pa onda u ponašanju sve smerno, nije tu bilo kod njih za svaku sitnariju kikotanja, „hi hi hi — ha ha ha", već malo laganije, i svaki je pazio šta će pred njima reći. Jednom reči, znale se držati. Pa mati i kći, tako su se pazile, kći je tako poštovala mater, a mati je opet poslušala kćer gde treba, da bi rekao, nisu mati i kći, već dve sestre koje se paze.

Pa je i to uzdizalo, što, posle smrti Uglješine, gospođa Tatijana, još dosta mlada i ugledna udovica, za ljubav svoje dece, nije se htela udati, žrtvovala se za svoju decu. A gospođa Tatijana mogla se udati više puta, jer prosilaca starijih bilo je dosta, i to valjanih. I sam gospodar Sofra bi je uzeo, da nije kći pošla za njega, tako mu se bila dopala, to je više puta pripovedao, i da Sofija nije htela poći, gospođa Tatijana bi sada bila gospođa Kirićka, a Sofija postala bi gospođa Miloradovićka.

Gospođa Soka je sad u svojoj kući red držala kao kod matere, samo naravno ovde je još teže, jer je sasvim puna kuća.

Gospođa Soka je imala divan porod. Lenka već prešla petnaest godina, rekao bi da je već sedamnaest, tako je razvijena. Stvor, stas divan, jedno prema drugom sve srazmerno. Lenka ima lice ovalno, pravi rimski tip, obrve kanda hoće da se sastave. U Pelagije lice sasvim grčko, fino isečeno, kao u najlepše fenkečinice u Stambolu, ili kakve Hijotkinje. Oči kao rubin svetle, streljaju, još sad u trinaestoj godini. Šta će biti docnije? Katici je tek deset godina, mnogo je na Pelagiju, samo nos već nije grčki, no palestinski, malo jako savijen, ali zato lep, odgovara joj licu. Sin Pera, u osamnaestoj godini, tankog, visokog uzrasta, ravan kao trska, lepe velike čerkeske oči, obrve sastavljene, zubi beli. U ponašanju otvoren, pun fantazije, rekao bi da nije otac pogodio, što ga je zadržao za trgovca, suviše prostrane ruke, galant. A Šamika, „mali fiškal", lepo kuždravo dete, obraz bletkast, ali crte sasvim regularne, rekao bi da naliči na Pelagiju. Kosa mu se spustila u gustim svilenim burmama na čelo i uz vrat, pa mati i sestra Lenka rado bi se, prstima u njoj spletajući, igrale, i milovale. Već Šamika ide u školu. Već sad nosi malu atilu, mali crn kalpak od kadife, i žute mamuze, zasad još bez žvrkova, sa dugmetom, da nogu kako god ne povredi. Šamika je pravo materino dete.

Kćeri, kaogod i mati, lepše se nose nego što bi čovek rekao po spoljašnjoj formi dućana gospodara Sofre. Po njihovim haljinama se već videlo, da ta kuća ima više nego taj dućan i mehanu. Videlo se da gospođa Soka nešto naviše izgleda. Kada bi joj gospodar Sofra kupovao kakav adiđar, prsten ili štogod u kosu, to nije volela mnogo sitno kamenje, no jedan, ali lep, sve je volju imala na solitere.

I kćeri nije rada udati za bakale ili mehandžije, nego traži štogod više. Gospođa Soka već je imala tu težnju u prvoj svojoj mladosti, kod kuće; sve je nešto višem težila. Ali i dolikovalo joj. Sav izraz u nje bio je nešto gospodstven. Tako isto i kod njenih kćeri. Zato za dućan nisu mnogo ni marile.

Pera je bio već prvih godina prenebregnut. Kako se rodio, već ga je otac namenio za trgovca. Pa kad je prve, normalne škole izučio, kad je već čitati, pisati i nešto računati znao, otac ga kod kuće zadržao, nije ga dao više nikuda, i tu je morao biti sve i sva. Gospodar Sofra upotrebljavao je Peru najpre kao šegrta, pa onda u mehani, u podrumu za otakanje vina, kao nadzornika u gazdovanju, u štalama. Gospodar Sofra je hteo da ga načini pravim gazdom, kakav je sam on bio, da bude od njega sleme kuće, da, kad umre, njegov Pera vodi staru njegovu kuću. Plan ne bi bio rđav, ali trebalo je odmah u početku malo pripaziti, da se zna uvek šta raditi, i preprečiti stranputice, za što opet gospodar Sofra nije imao dosta vremena. Pera doduše nije bio rđav, štaviše, imao je vrlo dobro srce, predobro, samo ne za sebe. Ako je u dućanu, nije se znao pogađati; ko je kako hteo mogao je dobiti. Nije gledao kome će na veresiju dati, ma kome. U mehani, kad nije oca kod kuće, mušterije časti pićem. U podrumu mlađima daje piti koliko ko hoće, pa kad ih izopija, to mu je milo. A najvoleo je biti u štali, među konjima i kočijašima.

Kuća, dućan i mehana bila je baš kod Dunava, baš na tom mestu, gde staju lađe, vašarske, žitarice, belozanke. Tu je video, kako lađarski konji vuku triest i više lađa. Žalosni konji. Ovaj prvi koji se obično zvao ledingeš, njemu je lako bilo, on nije ništa vukao, tek je prethodio i vodio. No ostalima je bilo teško, i što više ostrag, to gore. Bičevi pucaju, viju se oko ušiju, konji teško dišu, sustaju, a onaj poslednji od vodene strane sve klizi i pada niz bajir, katkad ga lađa trgne natrag, pa se izvrne. Strašno mučenje. To je Pera već u svom detinjstvu gledao svaki dan, i srce mu otvrdlo. Dolaze noću lađari u mehanu, muzika svira, piju, igraju; to se Peri dopada, pa kad otac nije kod kuće u mehani, a Pera s lađarima igra. Igraju, ali karte, i Pera je s njima igrao. O knjizi nema više ni govora, no ponajviše o konjima, i Pera je već postao konjušar, bez konja ne može živeti, i kog konja je jedared video, i posle više godina bi ga poznao i poimence nazvao.

Kada je gospodar Sofra otputovao, Pera je bio u kući pravi gazda. Mati je doduše nadgledala, ali tek danju, noću se nije pokazala, a u mehani ni danju. Tako isto i kćeri.

Pera mora biti celu noć na nogama, naravno mora se i piti, i to sa lađarima, koji to dobro umeju.

Lađari vole Peru, većma nego njegovog oca, jer im da i na veresiju, na karte uzajmi im i novaca, pa čeka i pô godine da svrnu opet, da mu vrate. Umre li lađar, ili mu se drugo što desi, novac je propao. Sad kad otac nije kod kuće, sad je život za Peru. Mati, ni iko, ne može ga kontrolisati. Za druga društva, otmenija, nije imao ni pojma, a kamoli čežnje. Kod Pere u mehani nikad se ne zatvaraju vrata, ni danju ni noću, sve to napolju i unutra od muzike i ljudstva zuji, bruji. Otisnu li se lađari, dođe opet druga lađa, pa sve to tako ide, svaki dan, svaku noć.

Pa Peri nedavno prošlo tek sedamnaest godina. Već izgleda žut, preživeo, nikad neispavan. Mati vidi sve to, savetuje ga da se čuva. Ko će ga u takvom društvu sačuvati? Mati je pre tog spominjala gospodaru Sofri, da dâ Peru dalje u škole, ili da ga dâ gdegod na drugo mesto u trgovinu, ali on nipošto; hoće po svom kalupu sina da izobrazi, da je uvek pred njegovim očima, pa veli: i on je u detinjstvu i mladosti još gore šta podneti morao.

Velika razlika između njegove i Perine mladosti. Gospodar Sofra je bio od iskona siromah, pa već u detinjstvu radom morao se boriti za opstanak; Pera bogatog oca sin, nema nužde, ni brige, kako će živeti, i šta će od njega biti. Pa niti je kakva veća strogost prema njemu u početku upotrebljavana. Doduše Pera je rad bio i dalje ići u školu, na trgovinu nije imao volje, ali očina volja bila je preča.

No ukoliko je više Pera bio prenebregnut, utoliko većma je opet mati želela sve to kod Šamike naknaditi. Šamiku je opet mati počela maziti. Išla je kod učitelja da ga moli, da Šamiku nikad ne udari, da ga jako ne ukorava, ako ne zna lekciju, nego sve lepim. No gde je tu granica? Učitelj doduše poslušao je mater, i za to dobivao više puta auspruha. No Šamika postade tako čustvitelan, da za najmanje, ako mu ko šta rekne, plače.

E tako se sad vodi kuća i trgovina gospodara Sofre.

Već prođoše dve nedelje, a pismo od gospodara Sofre ne dolazi. Valjda je gdegod zabasalo. Gospođi Soki to veliku brigu zadaje.

Prođoše još više nedelja, krakovski vašar je već odavna prošao, a o gospodaru Sofri ni traga ni glasa.

Dolazi Čamčinica i Krečarka, da pitaju, je li gospođa Soka dobila kakova pisma, one još nisu dobile.

Rđavo, nema glasa o putnicima.

Opet pišu, niko se ne odzivlje, jer pišu samo napamet u Krakovu, a oni bogzna kud blude, i šta im je stalo.

Tako prođe pô godine, pa još nema pisma.

Krečarka i gospođa Soka da se žive pojedu. Čamčinica ih teši i, premda i ona bi već volela svog Čamču kod kuće imati, nije verovala, da ih je moglo što zlo postići, jer to je obično kod Čamče, da uvek duže ostane, nego što je kod kuće obrekao; on voli putovati, a lakrdijaš je, pa ga svud rado imaju. Ali što je mnogo mnogo! Jošt će malo čekati, pa onda će tu stvar vlasti prijaviti. I doista naskoro prijave magistratu, da se za njihove muževe koraci čine, jer ljudi poneli su novaca, bogzna nije li ih ko ubio. Ali tek valjda da se vratio kogod od kočijaša, ili što to bi se čulo. Gospođa Soka otide sa Krečarkom u magistrat i stvar prijavi. Ovde se odmah zaključi, da se putnici kurentiraju. Još onaj čas oprave se pisma na sve strane, prvo u Krakovu. Opisani su kako su bili obučeni, kad su pošli, i kakve su haljine sa sobom poneli. Tu je bila opisana i dolama i trajdrot, i njihova lica, gospodara Sofre, Krečara i Čamče. Opis Krečara bio je običan, on je bio obične forme. U opisu gospodara Sofre između ostalih, kao „osobiti znak", metnuli su mu veliki nos, kratke, krive noge na formu levča. Kod Čamče opet smešeće se lice, nad glavom vopijuščeg nosa jedna grdna bradavica, iz koje izviruje, visi, jedna jaka dugačka dlaka, kao u purana. Lako će ih poznati.

Od nikud se ne odziva.

Daju se crkvi molitve čitati, daju se službe, ništa ne pomaže, niko se ne javlja, niti ko piše.

Gospođa Soka sa kćerime plače, tako isto i Krečarka, već se malko i Čamčinica pobrinula, ako se i nije još zaplašila, jer zna ona da je veliki vrag Čamča, osobito kad na put ode, brzo se ne vraća. Gospođa Soka i Krečarka proklinju Čamču; da su znali, ne bi ih sa Čamčom nikuda pustili.

Međutim je Pera po svom običaju gazdovao. Već je više držao da se otac neće ni vratiti. Počeo se uveliko kartati. Kozaci svaku noć kod njega. Istina, novac je davao svaki dan materi, ali ko će ga kontrolisati, da se toliki novac svaki dan prima.

Da vidimo gde su naši putnici.

VII

Kada su putnici otputovali, udariše koso preko dva Dunava, pa došli su u Vac. Tu se malo odmoriše, pa onda sve dalje.

Provijanta su imali dosta, pa tek onde su stali, gde je trebalo konje hraniti i pojiti.

Putuju i danju i noću.

Kad dođu u kakvo selo, čardu, stanu, pa kočijašima daju što doneti, a oni, svačim snabdeveni, imaju sve bolje, nego što mogu u čardi dobiti. Pa i vino im drukčije nego u čardi, s njime i samog birtaša u čardi napoje.

Tako dugo su putovali, i dođu već blizu poljske granice. Prenoćiće u jednoj velikoj čardi. Uđu u čardu, poruče što za sebe i za kočijaše. Birtaš otvoren čovek, ali iz razgovora vidi se da je „šaren".

Čamča pita, ima li za njih sobe. Odgovori birtaš, da ima za goste jednu, i tu će im dati.

Stvari najvažnije unesu unutra, a jedan kočijaš će uvek napolju čekati. Gospodar Sofra mislio je da će odmah u toj sobi i jesti, ali Čamča ga oslovi, da ne ostanu u sobi odmah, već da uđu u birtiju, da vide te ljude koji su onde, jer retko koja čarda da nema opasnih ljudi. Puške ostave unutra, samo je gospodar Sofra sa sobom nadžak poneo. Sobu zaključaju, i jedan kočijaš već pazi.

U birtiji čemerna publika. Za jednim stolom sede njih trojica, svaki u ruci po jedan nadžak. Čakšire nisu imali. Na svakom kratak „inexpressible" i bosonogi, lica užasna, upravo konfišcirata. Čamča opazi, da im je na nogama dole neki veliki modar prsten, čitav krug ozleđen, nema sumnje da su ti još nedavno bukagije nosili, ili možda su još nedavno u tamnici ležali.

Putnici večeraju.

Goli sinovi pogled krvav bacaju na putnike, jedan na drugog gledaju, šapuću.

— Čamčo, mi smo na zlu mestu, vidiš one? — šapne gospodar Sofra Čamči.

— Vidim, pogledaj im samo noge.

— Vidim — reče gospodar Sofra i maše glavom.

Krečar sav pobledi.

Od golih sinova sad jedan iziđe, sad uđe; tako se menjaju, ali uvek opasan pogled na putnike bacaju. Napolju obilaze kola, no onde su kočijaši. Tu su i konji, pod vedrim nebom. Jedan iziđe, ali više se ne vrati.

Jedan opet među njima ustane i priđe k njima i ište lulu duvana, baš od gospodara Sofre. Mađarski govore. Gospodar Sofra dâ mu duvana, pa ga meri; ali i njega golać meri.

I birtaš je promenio lice; zabrinut je, poznaje se.

Sad su već bili načisto. Jedan drugome dâ znak, pa odu u sobu. I Čamča se poplašio, premda je bio predostrožan. Kad uđu u sobu, zaključaju se. Četiri kočijaša valjda će kadri biti konje i kola čuvati.

Gospodar Sofra ište vina, Čamča izvadi.

— Hajde da pijemo, tu se spavati ne može. Da sam znao da ću međ takove ljude doći, ne bi' se bio krenuo, no sad kako je, tako je, hajd' da pijemo, pa onda da pevamo, da im pokažemo da se ne bojimo — reče gospodar Sofra, a iz velikih crnih očiju varnice mu skaču. Nije već to „grk Sofra", to je već nešto drugo.

— Možemo piti, ali nemojte pevati, misliće da smo pijani, već pijte pa ćutite, a ja ću na duvaru prisluškivati šta govore; duvar tanak, čuće se — reče Čamča.

Gospodar Sofra i Krečar piju, a Čamča prisluškuje.

U birtiji pravi lopovi. Sad ulaze, sad izlaze, sad novi dolaze.

Lopovi se razgovaraju; Čamča zna dobro mađarski, kao i ostali.

— Šta mislite, kakvi su to ljudi?

— Sudac nije nijedan!

— To su trgovci!

— I to racki!

— Da, ti su najbogatiji!

— Kako se neće obogatiti, kad na svakom rifu prevare, a ovamo pô godine poste.

— Taj mali široki, taj mora da je svog veka pojeo sto merova graha, a pedeset centi zejtina.

— Taj će naš biti!

— Taj će moj biti!

Tako se razgovaraju, pa sve ulaze, izlaze, mere, računaju, svoje i neprijateljske sile.

Sad je već dosta bilo gospodaru Sofri i družini, moraju se za boj pripraviti. Već je duboka noć, Sofra otvori vrata, u ruci mu nadžak.

— Idem da pregledam napolju, sad ću se vratiti.

Iziđe, oslovi momke da budu na oprezi, dozove jednog u sobu i da mu tri pištolja, da se podele, jer moraće se braniti, a još svaki momak ima po nadžak. Uzeo je Krečarev pištolj, jer zna da ga neće upotrebiti. Sad se zaključaju.

Lopova sve više u birtiji. Njih dvanaest, a trinaesti kapetan. Gdekoji ima pušku, gdekoji pištolj, ali nadžak svaki. Sad će biti po njih šićara, što ikada.

Ona prva trojica, golaći, nisu se hteli za onaj par bolje obući i oboružati, da ih ne poznaju, ali noge ih Čamčinom oku izdadoše. Lopovi piju pa onda pevaju; i pesma im se odnosi na šićar, koji je već u izgledu. Kad to ču gospodar Sofra, puške i pištolje metne na krevet a nadžak drži u ruci, pa ih nudi da pevaju.

Lopovi još pevaju, a sad započe gospodar Sofra gromkim glasom: *O kto, kto, Nikolaja ljubit*, ali tako da lopovi čuti ga mogu.

— Pevajte!

Čamča i Krečar pomažu, ali slabo, Krečarev glas jedva se čuje, a Čamča svaki čas kašljuca, a gospodar Sofra nadmeće se sa lopovima. On je stari vašardžija, pa poznaje mušterije. U pevanju užasna disharmonija. Lopovi misle da se društvo izopijalo, pa drže da je sad vreme poslu. Najedared umuknu. Čuje se neki žubor. Vreme nastalo.

Gospodar Sofra naredi, da svaki uzme pušku u ruke, jednocevku, duplonke još onda nije bilo, pa jednog namesti ostrag u jedan ćošak, a drugog u drugi ćošak, a on će blizu vrata, u desnoj ruci nadžak, u levoj ruci zapet pištolj.

— Ja sam vašardžija, na ovakvom mestu lopovi ne smeju odma' pucati, već tek onda kad beže, pa kad se brane, ili u šumi. Pa šta, zar nas toliki bojali bismo se ti' izgladovani' nekoliko lopova? Moj jedan kočijaš Sava će sam na trojicu.

Napolju larma, već se lopovi sa kočijašima tuku, kočijaši se dovikuju.

Sad klopkaju na vratima.

— Otvarajte!

Ne odgovara im se.

— Razvalićemo vrata!

Počnu vrata izdizati.

Gospodar Sofra prekrsti se, povikne „pomozi sveti Nikola", pa stane pred vrata na dva koraka, a nadžak podigao.

Provališe kroz vrata.

Prvi kapetan lopovski. Tek što se promolio, a njega gospodar Sofra silnim udarcem nadžakom po čelu. Premetnuo se, tek je jedared riknuo. Navale još dvojica, gospodar Sofra malo natrag odskoči i nadžakom obori i trećeg. Eto sad četvrtog. Krečar se sav okamenio, zaboravio je petla navući, Čamča pak odmah kako su vrata provaljivali, podvukao se pod krevet, no kad je video, kako Sofra lopove obara, okuraži se, napne petla, naperi pušku na četvrtog, i pogodi ga u trbuh. I napolju se čuje pucnjava i vika. Kako se počelo pucati, a ostali lopovi videći da oni u sobi ništa ne izvršuju, a četvrti ranjen užasno jauče, počnu bežati, i razbegoše se, a svoje nisu mogli odneti, jer sad tek gospodar Sofra izlete s pištoljem, pa puca za lopovima.

Sad su spaseni.

Dva kočijaša su lako ranjena. Birtaš odmah pošlje u prvo selo po lekara, i da stvar prijavi. Bežeći lopovi naišli su na jednu pandursku patrolu na konjima, budu vezani i pohvatani, pa onda s njima opet natrag u čardu.

Sva tri prva su mrtva od nadžaka Sofrinog, a četvrti još živ. Komesar ga ispita; sve je ispovedio, sve je izdao. Ispitao je i putnike. Komesar će poslati jednog momka, da višoj vlasti javi, međutim dođe i lekar, zaveže rane kočijašima i lopovu, a one mrtve iznesoše napolje, a pokraj njih namestiše stražu. Još komesar putnicima javi, da moraju tu ostati, jer je sad štatarijum, pa će im se na mestu suditi.

Posle toga komesar sa lečnikom ode u birtiju, a gospodar Sofra uzrujan opet sedne, i zove društvo da piju.

— No vi ste baš kukavice; da mene ne bi, potukli bi vas kao mačke.

— Jest', da, a ko rȁni četvrtog?

— Ispod kreveta — nasmeši se podrugljivo gospodar Sofra.

No tu je gospodar Sofra pokazao, da je negda tabak bio, pod takvim udarcima sve su glave popucale.

— Hajd' sad opet da pijemo, da utaložimo kod koga jed, kod koga strah. Sveti Nikola, blagodarim ti, kako prvi put u crkvu stupim, odma' ću ti od funte sveću zapaliti, i srebrno kandilo na žrtvu prineti!

Pa opet:

O kto, kto, Nikolaja ljubit

I Čamča pomaže, ali sada mncgo bolje.

— Je l', Čamčo, sad bolje ide?

— Hteo sam i ja još pre bitke otpojati moj tropar, svetog Stevana, ali nisam smeo, bojao sam se da ću se i ja i Krečar još većma poplašiti, no sad posle srećno okončane, pobedonosne borbe, otpevaću najpre moj tropar, pa onda u tvoju slavu *Vozbranoje*.

Čamča krasno otpoji, a ovi mu pomažu.

— Sad da su videle naše žene kakvi smo junaci! Imaćemo im šta pripovedati — reče Čamča, pa opet dalje peva.

— Pijmo sad u zdravlje naših žena i dece! — reče gospodar Sofra.

Kad čuše komesar i lečnik, oslobode se, pak kao nepoznati idu u sobu. Nadaju se, da će dobro biti primljeni.

Kucnu, društvo ih lepo primi, sad i ovi sednu, gospodar Sofra dâ doneti još polovače dobra vina iz prvih kola, pa počne obojicu častiti, a momcima dade u birtiji doneti, koliko su hteli.

Tu je opet bilo pevanja, i sam je komesar pevao. Naposletku počasti ih sa auspruhom, ali se nisu razišli, dok nije svanulo. Pred polazak, gospodar Sofra i Krečar, nagrade obojicu, svakog sa šest dukata, zbog učinjene usluge u hvatanju lopova i lečenja. Sad se opet zaključaju, legnu i zaspe.

Kakve su sne morali imati gospodar Sofra, Krečar i Čamča?

VIII

Sutradan u deset sati je već štatarijalna komisija tu. Štatarijum je već bio objavljen. Živi lopovi povezani su za kolje: njih devetorica, četvrti, ranjeni, pred zoru je umro. Probude putnike pa i njih na ispit. Lopovi su sve priznali, a ino nisu ni mogli, jer je svedoka bilo dosta. Drži se sud, i svi budu na sud osuđeni, na vešala. Prave se vešala. Tu je i dželat i pop. Pre zahoda sunca, svi budu povešani.

Jedan od njih, neki „Kiš-bači", pre nego će na vešala, oprosti se sa svetom, učio ga da ne bude nevaljao: njega su, veli, zlo odgojili; pa onda svuče čizme i zamoli, da ih ženi njegovoj predadu, da ne idu u štetu, i dao je opomenuti da decu od zla odvraća, da uzmu svi primer od njihovog oca, i očitav još Očenaš sigurnim korakom stupio je na vešala. Sutradan ih skinuše i ukopaše sa onom četvoricom. Pri odlasku komisije, još je gospodar Sofra sve dobrim vinom počastio. Posle odlaska komisije, društvo mora još koji dan ostati, dok se ranjeni kočijaši oporave. Birtaš, koji je inače na dobroj nozi stajao sa lopovima, jer je po okolnostima prinuđen bio, zahvalio se gospodaru Sofri što mu je očistio čardu od tako opasnih lopova, i samo ga još za nešto moli.

— Gospodaru, ne mogu vam dovoljno zahvaliti, što ste mi te ljude s vrata skinuli, morao sam im uvek jelo i piće zabadava davati, pa da se najmanje protivim, zlo mojoj glavi. Zaziraće odsad novi lopovi od moje čarde, to sam uveren. No još bi' vas nešto molio.

— Šta?

— Da mi se date namalati u mojoj čardi, u birtiji, da znaju ko je tri lopova jednim nadžakom ubio, a vidim da ste Rac, pa ću nazvati moju čardu „Rac-čarda", a vi ćete se u celoj okolini spominjati, i diviće se vašem junaštvu.

Gospodar Sofra se nasmeši.

— Pa, dopusti Sofro, nek te namalaju, to nije nikakva sramota — reče Čamča.

— Dopustite gospodaru, vi ste odsada slavan čovek, i vaše ime ću zabeležiti, otkuda ste.

Gospodar Sofra misli se.

— Pa ko bi me ovde na čardi namalao?

— Nemajte brige, selo nije daleko, onde je baš sad jedan moler, mala crkvu, pa će vas baš sasvim dobro namalati.

— Pa hajd', nek bude.

Birtaš odmah sedne na konja te upravo u selo po molera, našao ga baš u crkvi gde mala. Kada je moler čuo kakvog muža ima malati, obreče da će odmah sutradan doći, samo neka mu kola pošlju. Pukao je glas po celoj okolini, kako je jedan tri hajduka umljeskao. Birtaš vrati se radostan i javi, a gospodar Sofra sam pošlje s birtašom svoja kola po molera. Moler dođe, i ponese sav nužan materijal. Gospodar Sofra pozva ga na doručak.

— No sad, kaži mi, Čamčo, kako da se dam malati? Kad sam potukao te lopove, imao sam na sebi običan jankl, hoću li se u njemu?

— Nipošto, u dolami!

I moler je za dolamu. Gospodar Sofra reši se za dolamu, no kad je već dolama tu, mora biti tu i ćurdija i sve ostalo, što tome odgovara. Tako gospodar Sofra izvadi sve paradne stvari, čakšire, čizme sa srebrnim mamuzama, dolamu, ćurdiju, pojas i kalpak, i tako će se namalati, ali naravno sa nadžakom u ruci.

Obuče se po redu, uzme nadžak i kaže da je gotov. Sad uđu u birtiju. Razgledaju, gde bi bilo najbolje. Moler nađe jedno mesto na duvaru, u čelo, da svakom koji uđe odmah u oči padne. Gospodar Sofra već stoji u svoj svojoj veličini, i moler ga mala. Više puta je taj dan stajati morao: prvi dan ga dovršio, a drugi dan izgladio. Sasvim je pogođen. Gospodar Sofra sam sebi se dopadne. Kad je sve gotovo bilo, a birtaš hoće molera da isplati, no ne da gospodar Sofra, on ga pošteno nagradi. Sad se birtaš i moler začude, s kakvim čovekom imaju posla. Gospodar Sofra sad počasti i molera i birtaša.

Kad moler ode, putničko društvo opet zapodene svoj stari običan razgovor.

— Šta sad rade naše žene? — reče Sofra.

— Plaču, pa još da znaju što smo tu prekužili, umrle bi od strâ — upadne Krečar.

— Kakav stra' — kad smo pobeditelji? — primeti Čamča, pa opet otpoji *Vozbranuj*.

— Ti si, Sofro, junak — reče Čamča — ti se sad ne boj putovati u ovim predelima, tvoje ime i tvoja kontrafa od zla će te sačuvati; to će se čak čuti i u Poljskoj, doći će sve to u novine, tvoje opisanije, a tvoju figuru je lako zapamtiti, spevaće te u pesme.

— Pa zar ovde još misliš da će biti lopova?

— Ima još jedna banda, čuo si za Janotiča?

— Zar je i on u ovoj okolini?

— Bog zna kud on tumara, no njega se ne treba bojati, on na trgovce ne udara; kad ih nađe, dadu mu kakve robe, ako potrebuje, pa dalje ide. On najradije napada na bogate popove, osobito ako su kanonici, na spahije, koji raju ugnjetavaju, a sirotinju pomaže.

— No to je prvi pošten lopov za koga čujem. No baš ne bi' se bojao ni tog Janotiča, samo da mi dođe pod nadžak. Onu trojicu lopova, što su u birtiji sedeli, rukama bi' ih sve izmrvio. Moj negdašnji zanat spasao je i mene i vas. Ja, stari tabak, naučio sam se na zimu i vrućinu, i ta tvrdoća olakšala mi i trgovinu. Kad sam još bio kalfa, jedared u jednoj birtiji napali su dvanaest šnajdera moja dva druga, ja doskočim, pa sve šnajdere pobacamo. Kad je bio veliki hram, ja sam morao nositi na litiji tabački barjak, koji je od sviju najteži.

— Al' i jesi jak, šteta što nisi soldat, ti bi i Bunipartu uhvatio.

— Daj ruku malo.

Čamča pruži ruku.

Sofra mu pretisne malo ruku, Čamča jaukne.

— Al' si baš jak kao konj!

Tako se njih dvojica razgovaraju, a Krečar samo sluša, još nije iz njega strah izišao. Čamča se malo podnapio, pa čas peva, čas opet iziđe napolje, pa od radosti skače, čas trči po avliji kerećim trapom.

— Uh, al' ćemo kod kuće imati šta pripovedati!

Naravno, Čamča će kod kuće sve to još većma iscifrati.

— Čamčo, kad dođemo u prvu varoš, da ne zaboravimo odma' kući pisati.

Čamča ga i ne sluša.

Već se kočijaši oporavili, vreme je da se putuje; isplate što su bili dužni birtašu. Sva sprema, paradne haljine već su složene, kočijaši nahraniše konje pa prežu. No birtaš sad njih hoće da počasti, dobio je zeca, pa ih na brzu ruku počasti, još je kočijašima šunke poklanjao, a ovi već sve spremiše, sva kola gotova za put. Oproste se sa birtašom, sednu na kola, pa tako opet po redu putuju.

Prva kola prostrana, Čamča pokaže put kud treba ići, pruži se u kola pa zaspi. Tako isto i Krečar. Samo gospodar Sofra ne spava, no zapalio je veliku stivu lulu pa puši, oko baca pred put, jedan mora biti budan i na sve motriti.

Dođu do prvog naznačenog sela.

Gospodar Sofra probudi Čamču.

— Hej, Čamčo, evo sela, kuda ćemo sad?

— Šta si me budio? Znaš 'de smo, samo tim putem treba dalje ići, pa ćemo doći u drugo selo, pa onda opet u treće, i tu ćemo opet stati i konje 'raniti.

— Bre, nećeš spavati, ti si vojvoda, dugo mi je vreme, preklapaj ma šta.

Drma Čamču, ne dâ mu spavati.

Čamči nije na ino, razbere se, i počne opet koješta preklapati. No on opet ne dâ mira Krečaru, probudio ga.

— Kad meni ne daš spavati, ja opet ne dam Krečaru.

— Šta si me probudio, Čamčo? Tako sam lepo snivao, bio sam kod kuće, i tamo sam sve lepo uređivao, kod mene je sve u redu.

— A jesi l' što o mojim snivao, jesu l' svi zdravi? — zapita gospodar Sofra.

— Svi su zdravi, pozdravili te.

— A jesi l' bio sa mojom Sarom?

— Jesam, pozdravila te, pita kad ćeš se vratiti.

— Pozdravio sam je, tek smo sad na najboljem putu.

Čamča nije rado bio kod kuće, pa kad se jedared na put krenuo, nije se lasno vraćao. Osobito je voleo biti u Poljskoj, jer su ga poljski šljahteci zbog njegova lakrdisanja voleli. On nije nikad išao običnim putem već stranputice. Jedared iz Krakova pođe natrag, obiđe sve varoši u Galiciji, tri dana bludi kojekud, trajalo je tri godine, a žena mu ne zna je l' živ ili mrtav, pa najedared piše joj čak iz Kolomeje, otud joj javlja da se već kući vraća.

Tako u razgovoru, dođu do jedne varoši, već se toronji vide; to je Košica. Tu će stati, i dobro odmoriti se. Priprave prvo i prvo provijant, jer je u Galiciji teško bez njega putovati. Čamča, ne kazav društvu, ode nekud sam, i kupi lepu krivu mađarsku sablju, dobro je umota, da se ne zna šta je, pa besprimetno sakrije u svoj sanduk.

Posle odmora krenu se, i tako putujući dođu do poljske granice, do sela Z. Bilo je već veče. Na liniji, na putu baš kuća od armicije. Poviče neko: „Stani!" Sad iziđe jedan u kaputu, gleda u kola, u prva, pa onda sve dalje, da vidi nema li što za armiciju. Opet dođe prvim kolima, Čamča pruži glavu, ali je umotan da ga niko poznati ne može, pa počne sa armicijašem poljski govoriti. Armicijaš naloži da se kola ne maknu, nego kogod nek dođe s njim u kancelariju, da se iskaže šta ima u kolima, jer ako vina ima tu, zlo po putnike.

Čamča siđe, a ide s armicijašem u kancelariju.

Stane kod stola, a njega armicijaš pri sveći meri.

— Pane dobrodzjejni, pane lešedicka, kako smo?

Armicijaš uhvati ga za pleća, pa gotovo svojim nosom takne nos Čamčin.

— Oj čertovski Čamčo, otkel ti prišel?

Ljubi se s njim, stari su znanci. Čamča je švercer osobito na vinu. Već armicijašu u kolima je bio poznat glas Čamčin, a Čamča mu poljski reče, da ga društvo ne razume, da ga u svoju sobu vodi, sve će mu iskazati. Velika radost od armicijaša, zna Čamča vina ima. Sad armicijaš ponudi Čamču, da ostane preko noći, s kolima zajedno, i da društvo pozove k njemu. Čamča ne dâ, opiše mu svoje drugove, pa će s njima da izredi komediju. Predloži mu da ih odmah ne pusti, već da će najpre da izvidi burad. Armicijaš smeje se, pristaje na sve što Čamča kaže, i bajagi pokazaće se strog. A nije šala, pet akova auspruha, i još ima više od pet akova u polovačetima, pa pô akova rakije, što su za provijant poneli, i posakrivali u sanduke.

Gospodar Sofra i Krečar nisu nikad bili u Poljskoj, pa nisu znali ni za takovu armiciju, i da su znali da će tako proći, ne bi ih videla Poljska.

Sad ide Čamča sa armicijašem kolima.

— Sofro, zlo je, gospodin armicijaš hoće da vizitira kola, sve sanduke.

— Pa nek vizitira, šta će naći u koli, šunke, pečenje, i nekoliko akova vina, veliko čudo!

Gospodar Sofra mislio je, ako baš i mora što platiti, opet neće biti mnogo, forintu-dve po akovu, pa šta je to za gospodara Sofru i Krečara.

Sad uđe gospodar Krečar i gospodar Sofra, i ištu se upravo u kancelariju. Dođu u kancalariju. Armicijaš će ih pitati, a Čamča će tumačiti.

— Otkuda ste?

— Iz Mađarske.

— Ah, iz Vengerske, tamo dobro vino rodi, imate li vina u koli?

— Imamo.

— Koliko?

— Tako svega oko deset akova.

— Drugo ništa?

— I polovače rakije.

— Je li dobro vino, da koštam.

— Jovo, donesi iz kola čuturu — rekne Krečaru.

— Jer moćno vino?

— Ta nije rđavo, kod nas rđavo ne rodi, a ni sam rđavo ne pijem.

Tu je već i Krečar sa čuturom, i pruža je armicijašu.

Armicijaš nategne, maše glavom.

— Dobro je.

Sad uzme čašu, naspe, a vino crno kao katran; digne čašu, gleda kod sveće: čisto kao kristal; nategne čašu i ispije, dopada mu se.

— Ni knez Sapijeha ne pije boljeg od ovog — reče oduševljeno armicijaš, i pokraj sve svoje zvanične dužnosti, naspe sam sebi iz čuture, i po drugi put ispije, i ne može da se održi, hvali vino i već nasipa treću, no tu ga Čamča prekine, bojao se da će iz oduševljenja prema vinu tako i dalje terati, pa odmah putnicima pardon dati. Zato oslovi armicijaša:

— Gospodine, šta ćemo platiti armicije za to vino?

— No za ovakvo vino sto forinti od akova, to nije mlogo, a rakiju ću vam oprostiti.

Gospodar Sofra gleda na Krečara, a Krečar na gospodara Sofru; Čamča tek izvrće oči, i žalosno lice pravi.

— Biće mlogo, gospodine, valjda bi dosta bilo pedeset forinti?

— Ne može biti, sto je taksa.

Gospodar Sofra krvave oči baca na Čamču.

— No ovde ćemo proći gore neg' na čardi — promumla i duboko uzdahne gospodar Sofra.

Krečar ne može da govori, nije šala, hiljadu forinti na deset akova, na njega spada pet stotina forinti, a ne zna pošto će se prodati auspruh, mogu ga još na putu lopovi popiti. U srcu proklinju Čamču.

— Dakle, ako hoćete, a vi platite i da ne merim, jer inače uzeću kao kontraband, pa ćete još više platiti.

Kad je Krečar čuo reč „kontraband", poplaši se.

— Čuješ, Sofro? Kontrabanda — to je zlo!

Gospodar Sofra misli se, pa desnu ruku metne na levo, ispod srca, baš gde buđelar u napršnjaku unutri leži. Čamča to primeti.

— Ded, Sofro, istavi te novce; kad se, znaš, oni' pet akova proda, sve će to biti naknađeno.

Gospodar Sofra mrko pogleda na Čamču, pa vadi buđelar, izbroji hiljadu forinti na stolu, i kvitu.

Armicijaš primi novce, i dâ mu kvitu.

Sad ih pozove armicijaš, da ostanu celu noć, kod njega. Gospodar Sofra kaže da će na kolima spavati, mora kola čuvati. Sad ga opet zaokupi armicijaš, moli ga, moli ga i Čamča, te jedva ga preklone.

Noć lepa, vedro nebo, kočijaši sve čuvaju, a ima štale za konje. Armicijaš uverava gospodara Sofru, da se ništa ne boji, da nije na rđavom mestu. Čamča unese provijant i jedno polovače. Mesto da armicijaš njih časti, oni časte armicijaša. Armicijaš dobro pije, već se pomalo ugrejao. Čamča mu pripoveda šta im se dogodilo u čardi. Osobito kad je čuo, da je gospodar Sofra tri hajduka ubio, poče ga armicijaš meriti, i sve kuca čašu s njime. Gospodar Sofra tek od bede odgovara, zeva, jedva čeka zoru, tako isto i Krečar. Nije šala, hiljada forinti. Sad Čamča gurne armicijaša, dâ mu znak, da je vreme utaložiti gospodara Sofru. Armicijaš izvadi novce, hiljadu forinti, i pruži gospodaru Sofri.

— Evo novci, amo kvitu natrag, mi Poljaci živimo, a pokraj nas i drugi. Neh žiju Vengri!

Gospodar Sofra radostan izvadi kvitu, primi novce i turi u buđelar. Odmah veselije lice. Tako isto i u Krečara; već nije bio bled, zarumenio se.

— Ten čertovski Čamča, taj je sve to učinio, mi smo već davnašnji kamarati, pa je on sve to, i zlo i dobro naredio. Živeli Vengri!

Sad su svi veseli. Gospodar Sofra gleda na Čamču, smeši se, maše glavom i prstom mu preti.

Sad još donesu jednu bocu auspruha, te časte armicijaša. Kad je jezikom ovlažio usta, čašu nagne, pa se prekrsti, pa tako ispije.

— To je tokajsko vino, to moram piti. Bog zna kad ću još do njega doći.

Dok su pili, Čamča iziđe napolje, dâ i latovu armicijaškom jesti i piti u njegovoj sobi, i obdari ga. On će se već za to sa društvom poreveniti.

Pa onda još uze jedno polovače vina, i jednu bocu auspruha, u dar za armicijaša.

Već zora rudi, vreme je odlaziti. Čamča naloži kočijašima da prežu. Čamča zove na stranu armicijaša, nešto prošuška s njime, i ruku mu nešto sklopi, a pokaže mu prstom na vino i auspruh. Razumeli se.

Već je sve za put spremno. Armicijaš sad izvadi butelju likera, i moli ih da oni opet od njega prime, otvori i nazdravi im. Popiju, oproste se i izljube s armicijašem i odu.

IX

Putuju dalje. Čamča zakaže put, pa maločas svi trojica zaspe, san ih ovladao. Poduže je trajalo, dok su do prvog sela došli. Kad u prvo selo stignu, seoski kerovi laju i putnike probude.

— Čamčo, kakvo je ovo selo?

— Nemoj ni pitati, samo, Savo, istim putem dalje, pa kad dođemo u drugo selo, a ti ćeš me probuditi. Čamča opet zaspi, a gospodar Sofra i Krečar tek dremaju. Dođu u drugo selo. Tu probude Čamču; i vreme je: konje treba 'raniti. Posle toga odavde se krenu dalje, putovali su tako još dva dana i dođu u selo V. Malo selo, no u njemu veliki spahijski dvorac, tu sedi bogati grof B. Odsednu u jednoj čivutskoj mehani. Nema ni štale za toliko konja. Provijant im je već izišao, pojeli su ga na putu sasvim, samo vina i rakije imaju. Birtaš Aron nije kod kuće, samo žena mu Rifka sa kćerima. Ištu jesti. Birtašica kaže da nema, veli Šabes je. Šta će sada? Slaninu su svu pojeli kočijaši, dugačak je bio put.

— Šta ćemo sad, Čamčo? — zapita gospodar Sofra.

— Ne boj se ništa, samo se vi šetajte po avliji, ja ću već izrediti.

Gospodar Sofra i Krečar šetaju se po avliji, puše. Čamča pred kujnom hoda i pazi, kad će Rifka u mehanu ući. Rifka ode u mehanu. U kujni nikoga. Na ognjištu, u jednoj šerpenji cvrče čvarci od oderane guske, u drugoj se guska kuva, u trećoj guščija džigerica se prži. Čamča uđe u kujnu, izvadi britvu, i odseče parčence od džigerice pa košta. Sad uzme varjaču, pa meša guščije, pa opet košta. Na to dođe

Rifka. Kad je videla kako Čamča košta guske, jaukne, uhvati za ruku Čamču pa se jadikuje.

— No, šta je?

— Jao, gospodaru, šta ste uradili? Ta to je bilo košer, sad već nije više. Pa, gle, i od džigerice fali; valjda ste i čvarke koštali? Ubiće me moj Aron.

— Pa šta je što sam koštao?

— To mi ne možemo jesti, nije košer!

— Šta vam ja mogu sad pomoći? — rekne pa hoće da izlazi.

Rifka ga uhvati za ruku.

— Gospodaru, mi to ne možemo jesti, sad vi to kupite, jer će me ubiti Aron.

— Ja sad neću, zašto nam odma' niste dali?

— Kupite molim vas, daću vam jeftino.

Sad se stanu pogađati, i pogode se.

— A vi namestite sto da jedemo sve to, isplatiću vam.

Rifka, žalosna, namešta u jednoj sobi sto za putnike, pa odmah naloži ćerkama da drugu gusku kolju.

Večera je gotova.

— Sofro, Krečaru, hajte da večeramo, sve je već u redu.

Kad uđu u sobu, ali jelo se nosi.

Čamča im kaže kako je do toga došao, smeju se. Gospodar Sofra neće da jede matoru oderanu gusku, pa neće ni Krečar; to dadu momcima. Ali kad dođu čvarci, pa velika džigerica, milina je pogledati. Bila je jako kljukana guska, a džigerica da se svi nasite, tako velika. A vino im je taman za to.

Posle večere počnu ozbiljan razgovor.

— Čamčo, kakvo je ovo selo?

— To je selo jednog bogatog grofa, tu ćemo auspruh prodati.

— Kada?

— Sutra.

— Ali ovde nije opasno mesto, kao ona čarda? — zapita Krečar.

— Nije, ’de si video da grof spahija sedi ’de je opasno?

— A poznaješ li ti grofa?

— Poznajem.

— Al’ ako i ovde nasednemo, Čamčo, teško tebi. Koliko si me samo najedio kod armicijaša! — reče gospodar Sofra.

— To je zato bilo, što mi nisi dao spavati, kad smo iz čarde otišli — da ti se osvetim.

— A kako ćemo sutra započeti?

— Sad ću vam odma’ kazati. Samo, Sofro, nemoj da mudrijaš, samo onako učini, kako ti ja kažem, pa će sve dobro biti; nemoj da mi kažeš: ja to neću, ja to ne mogu.

— Samo nek ispadne dobro.

— Ja sam poznat kod istoga grofa, pa sutra ću otići ja sa Krečarem onamo, a ti ćeš donde ostati ovde.

— A zašto to?

— E, da ti kažem zašto. Ti nemaš pravog trgovačkog izgleda, preširok si. Mi ćemo se onde pogoditi, a ti ćeš biti zadovoljan, ako ti i Krečar dobijete za akov auspruha pet stotina forinti. Je l’ tako?

— Jeste.

— Jeste l’ oboje zadovoljni?

— Jesmo.

— Ako li pak preko pet stotina na akov dobijem, pristajete li da suvišak bude moj?

— Da ti je prosto!

— Pa onda kad svršimo, on će nas zvati na ručak, a mi ćemo mu reći, da još jedan šljahtec putuje s nami, pa ga ne možemo sama ostaviti. Znaš, kao što sam ti već kazao, šljahtec je nemeš, pa Poljaci mađarske šljahtece vole, i oni gule raju, kaogod i naši u Mađarskoj, jedan zanat im je, pa će onda odma’ i tebe pozvati na ručak. Hoćeš doći?

— Ako po tu cenu prodaš auspruh, evo ruke da ću doći.

— Ja sam zadovoljan. No još jedno: moram li onda doći obučen u paradi?

— Pa da, valjda nećeš u janklu.

— Dakle sad smo gotovi, danas ćemo ranije leći, da se ispavamo, jer smo umoreni, da onde budemo bistri.

Legnu spavati.

Sutradan Čamča i Krečar obuku se u trajdrot, šešir cilinder na glavu, u svakog srebrn sahat sa srebrnim lancem, pa upravo grofu B. u dvorac. Grof je baš bio kod kuće. Sluga ih prijavi, oni uđu. Grof je odmah poznao Čamču.

— Otkud vi, gospodar-Čamčo, ovde?

— Milostivi illustrissime domine, mi idemo u Krakovu na vašar. Ovo je moj drug trgovac.

— Sedite. Pa šta ćete kupovati u Krakovu?

— Platna.

— A za prodaju nosimo nešto fina vina.

— Baš fina?

— Vrlo fina, auspruh, desetogodišnji, nikakvom tokajcu ne ustupa.

— Pa 'de je to vino?

— U koli, u mehani kod čivutina Arona, zapečaćeno.

— Imate li mustre od njega?

— Imamo.

— Da vidim.

— Sad će o'de biti.

Čamča oslovi Krečara da donese zapečaćenu bocu.

Krečar pokloni se i ode.

Razgovaraju se donde, pita ga grof kako mu idu poslovi, kako odavno nije bio u Poljskoj. Čamča mu na sve odgovara. Dođe i Krečar sa bocom. Čamča mu uzme iz ruke, pa pokaže grofu.

Grof uzme bocu u ruke, gleda je prema svetlosti; boja kao krv, a bistro. Zvoni na slugu da mu otvori bocu.

Kad otvore, grof sam sipa u čašu, košta, sve mu miri. Hvali, kaže da je izvrsno.

— Pošto?

— Poslednja cena akov šest stotina forinti.

Grof misli se, opet gleda, košta, dopada mu se.

— Dobro, uzeću ga. Je li u buretu tako što?

— Istovetno.

— A vi ga dovezite ovamo.

Poklone se i odu.

Kad dođu u mehanu, jave to gospodaru Sofri.

— Sofro, dobro je, prodali smo vino, prežimo konje, odma' ga moramo odneti.

Gospodaru Sofri svetle se oči od radosti, smeši se.

— Ovo je prvi dan srećan.

Brzo konje upregnu, sednu i začas su onde. Grof proba auspruh; istovetan je sa mustrom. Izvadi novce i isplati. Čamča primi u ruke i preda Krečaru.

— No baš milo mi je, što ste mi to doneli, sutra mi je baš imendan, sveti Stanislav, doći će mi mlogi gosti, gospoda, imam razna vina doduše, al' i ovo će mi baš trebati. Pozivam vas sutra na ručak, da budete moji gosti.

— Oprostite, illustrissime domine, imamo još jednoga saputnika, njega bi morali u meani kod Arona ostaviti.

— A ko je to?

— Jedan šljahtec iz Mađarske.

— Šljahtec iz Vengerske? Milo će mi biti, da ga ugostim. Vengerski šljahtec, to je brat Poljaka. Pozdravite ga, i pozovite ga u moje ime na ručak, a ja ću sutra već karuce po njega i vas poslati.

S tim bude kraj.

Blagodare, poklone se, i odu.

Kad dođu u mehanu, a Čamča sve igra po sobi.

— Evo, Sofro, novaca.

Krečar vadi novce i broji, pa pet stotina metne na stranu na sto, a drugo podeli na pole.

— Evo tvoje, Sofro, ovo je moje, a ovo je Čamčino.

Gospodar Sofra smešeći se novce diže, pa turi u buđelar. Čamča pun radosti.

— Nisam ti kazao, da ćemo prodati? Šteta, što nismo više poneli. No još nešto. Grof te poziva sutra na ručak, kao vengerskog šljahteca, sutra mu je imendan, sveti Stanislav, biće ovde mlogo gospode.

Gospodar Sofra grohotom se nasmeje.

— No ti si baš vrag, Čamčo. Praviš medveda i od mene i od grofa. Ne bi' išao, al' kad sam reč zadao, moram.

Sad su svi zadovoljni. Ceo dan im je prošao u zadovoljstvu. Sad nije Šabes, pa su dobili jela u mehani, i za se i za momke. Sutradan, kako osvanu, a putnici se počnu oblačiti. Krečar i Čamča kao pređašnji dan, u trajdrotu, i brzo se obukli, no kod gospodara Sofre malo duže traje.

Čakšire, čizme s mamuzama, pojas, dolama, ćurdija, kalpak i štap. Još i veliki prsten htede na prst navući. Ne dade mu Čamča, no donese mu sablju da opaše. Sofra se smeje.

— Prsten nipošto, no sablju.

— Zašto?

— Šljahtec kad navuče prsten, mora na njemu biti izrezan nemeški grb, a kod tebe je lenger; vidi se, pa će odma' poznati da si kupec.

Dao mu i sam za pravo, i seti se kod sablje Čamčine vragolije.

— Pa kad se budeš razgovarao, a ti ako ne razumeš, pogledaj na mene, pa ću ti ja rastumačiti. I to odgovaraj mađarski, jer inače neće te držati za Vengra.

— Dobro.

— Pa onda, ako te šta pitaju za Bunipartu, nemoj ga kuditi, niti Ruse hvaliti, jer možemo zlo proći; Poljaci su besni, držaće nas za špijune.

Kad ga je Čamča poučio kako se ima ponašati, onda obučenog meri, da li što još ne fali. Sve je u redu.

— Vidiš, sad ne izgledaš kao kupec.

Čamča je naredio da se ranije obuku zato, da kad karuce dođu, ne nađu ga u janklu. Aron i Rifka, kad su ga videli tako obučenog, sve do zemlje mu se klanjaju. „Vengerski šljahtec", reče Aron. Sad su gotovi, lako im je dočekati karuce, a donde mogu još i doručati, što učiniše. Kad eto i karuca. Stanu pred mehanu. Unutri jedan lepo obučen šljahtec, prijatelj grofov, došao da pozdravi „vengerskog šljahteca". Kad siđe, pred njega ide Čamča, zna već običaje, uvede ga unutra i predstavi ga gospodaru Sofri.

— Servus, spectabilis amice, ego sum nobilis polonus ex stirpe Jaroslavsky (Sluga sam, poglaviti gospodine, ja sam poljski plemić, od porodice Jaroslavskog).

Gospodar Sofra klanja se, rukuje se, ali ne govori ništa, gleda na Čamču. Čamča će ga iz blata izvući.

— Dopustite, domine spectabilis, u Mađarskoj ne zna svaki šljahtec latinski, ne ide svaki u latinsku školu; samo oni idu, koji će biti popovi ili sudci — no ja ću već po mađarski tumačiti.

Sad Čamča mađarski istumači što je rekao šljahtec, pa tako opet dalje tumači. Šljahtecu je vrlo žao bilo, što sa gospodarom Sofrom nije mogao latinski razgovarati, no ipak zadovoljio se po nuždi i sa tumačenjem. Šljahtec je poziv učinio u ime grofa, ali o Čamči i Krečaru ni reči. Njih nije nužno tom formom pozvati, jer i jedan i drugi je samo kupec, dosta kad ih je nakratko grof pozvao. Šljahtec, tanak visok Poljak, meri gospodara Sofru; istina, mali mu je, ali mu se dopada drastičnog izraza glava i njegovo držanje. Držao ga za neku felu konjaničkog šljahteca. Šljahtec pokraj poziva, došao je i posete radi, te se može još dosta zabaviti. Čekaće se ionako duže na ručak.

Tu sad pokraj tumačenja zavede se duži razgovor. Ako je gospodar Sofra što nespretno kazao što duhu Poljaka ne odgovara, Čamča je to zakrpio, sasvim drugo što upleo, nego što je gospodar Sofra rekao.

Iznesu bela hleba, sečenog na tanjiru, pa onda šljivovice i aus-pruha, da bira po volji, šta mu se dopada. Šljahtec košta rakiju, dopada mu se, pije, uzme koji zalogaj, pa opet pije. Posle toga opet proba auspruh. I to mu se dopada, pije. Nije mu do reda, je li rakija za vinom, ili vino za rakijom, samo kad je dobro. Kad je već vreme bilo da se ide, a šljahtec učtivo pozove, pa tako svi uparađeni sednu u velike karuce, gore dva šljahteca, a dole dva kupca, jer badava, mada su gosti, pred šljahtecom ne mogu sedeti.

Dovezu se u dvorac. Tu sluge skidaju goste, pokazuju kud treba ući. Šljahtec uvede goste u salu, napred vodi ispod ruke gospodara Sofru.

Tu je već mnogo gospode.

— Nobilis hungarus — predstavi ga šljahtec svima.

Gospodar Sofra klanja se. Dočeka ga domaćin grof, pa Sofra čestita mu imendan, i to mađarski, samo je titulu naučio — domine illustrissime. Čamča tumači. Onda grof predstavi i Čamču i Krečara kao kupce. Ostali gosti, Poljaci, sve sami magnati i šljahteci, u lepom poljskom ruvu, pojas, sablja, konfederatka, milina ih je bilo videti. No i gospodar Sofra nije rđavo izgledao. Kad su saznali da ne zna latinski, pravili su latinski primedbe. — Parvulus sed martialis (Malen ali junačkog izgleda) — reče jedan.

No Čamča i Krečar u njihovim trajdrotima izgledali su prema celom društvu kontrastno, kao neko čudo. Pravili su na njih i pikantne primedbe; osobito o Čamčinom nosu.

No kad posedaše, onda su tek gledali na gospodara Sofru, jer kad je sedeo nije izgledao malen, nije manji nego ma koji u društvu. Pa silne prsi i lice imponovaše. Sasvim se zaboravilo da je tako mali, a noge se nisu videle kao krive, a osobito kad su za sto seli.

Seli su za ručak. Velika lepa sala, sve od zlata i srebra trepće. Na duvaru likovi znamenitih Poljaka, slika slavnog vojvode palatina Tarnovskog, Sobjeskog, Košćuška, Dombrovskog, Ponjatovskog, i još mnogih drugih.

Mnoge sluge služe.

Jela mešovita, francuska i poljska. Tu je sve jedno za drugim išlo, čorba-bouillon, pa ovčje meso, ribe biberisane, i fine pastete, chaudeau, i krmeće pečenje. Od starije gospode ovo poslednje, po starom običaju, baš prstima jedu. Služitelji nose fina vina, sipaju u velike srebrne pozlaćene pehare, nazdravlja se u ime Poljske, za Konfederaciju, kucaju se sa gospodarom Sofrom i za Vengersku i za „vengerske šljahtece". Tu je i muzika i pevači, svakojake fele instrumenata, pa ujedno i pevaju i sviraju. Tu je sad *Ješče Poljska ne zginula* i *Jaci taci Krajkovjanci hlapci*. Dok se peva i svira, sluge menjaju jela i tanjire. U žagoru i pevanju bez svake zamerke jede se viljuškom, kašikom, kako koji hoće, stojeći, i to niko ne primećava.

Posle ručka mnogi se raziđu, mnogi ostanu, no i sam gospodar Sofra sa društvom preporuči se i oprosti od domaćina, a šljahtec Jaroslavski opet ih doprati na karucama u mehanu. Šljahtec će se još zabaviti ovde. Čamča zna već njihov običaj, iznese mu i bela i crna vina, i auspruha. Šljahtec može birati šta hoće, i doista sad jedno, sad drugo, sad treće je pio, pa onda opet natraške, i sam se već jedio, što ne može kod jednog da ostane nego mora mešati.

Kad mu je već sasvim dosta bilo, oprosti se i izljubi sa gospodarom Sofrom, pa će njemu Čamča počast učiniti, kao što je on pred ručak gospodaru Sofri učinio, uzeo ga ispod ramena, i pomoću gospodara Sofre metnuo ga u karuce, a on do njega, i tako ga u dvorac otprati i preda.

Kada se Čamča natrag vrati, gospodar Sofra razveseli se. Milo mu bilo doduše poljske magnate videti, ali onde se nije nalazio u svojoj koži. Nije to šala: biti šljahtec pa ne znati sa Poljacima govoriti ni latinski, ni poljski, ni francuski.

— Ded, Čamčo, i ti Krečaru, sad mi da se kucnemo za srećnog puta, pa ti, Čamčo, otpoj mi ono *Izvedi iz temnice dušu moju*.

Kucaju se, Čamča poji, a gospodar Sofra i Krečar pomažu.

— Verujte mi, tako mi dolazi, kanda sam bio na kakvoj komediji, 'de su mene pokazivali. No čuješ, Čamčo, ako ti budeš kod kuće što govorio, teško tebi.

— Ne boj se ništa, to ti je na diku služilo. Svi su na tebe lepo gledali, a nas u trajdrotu preko ramena.

Donekle se tako razgovaraju, pa onda legnu. Sutra treba rano poći, kočijašima je već zakazano.

Ujutru isplate birtaša i otputuju.

X

Putuju, dok ne dođu u varoš N... Tu će se još jedared odmoriti, pa onda upravo do Krakove.

Sad padne na um gospodaru Sofri, da je zaboravio kući pisati. Otkako je otišao, nije još pisao. Doduše u Košici mislio je pisati, kako je iz čarde otputovao, ali je zaboravio i nikome to nije u onoj zabuni posle čardanske bitke palo na um. Sad sedne pa piše. Piše i Čamča, i Krečar. Gospodar Sofra je opisao svoja stradanija na čardi i kako je prodao auspruh, i da je već blizu Krakove. Na tu formu je pisao i Krečar. Čamča tek koješta drlja, da se čini da piše pismo. On nikad s puta ne piše pismo kući.

Kad budu gotovi, zapečate pisma, i sad treba na poštu nositi. Čamča zna gde je pošta.

— Dajte, ja ću sva tri odneti.

Predaju mu dragovoljno.

Čamča ode, ali samo je tumarao po varoši, pa se opet vrati, a pisma nije predao.

Čamča je držao, da ako pošlje pisma, zaplašene ženske, ne njegova Sara, već gospođa Soka i Krečarka, poplašene, ili će poteru za njima poslati, ili što je gore, mogu još same doći, a to nije išlo u njegov račun. Pisma je sakrio. Kada se vratio, pitaju ga, je li predao pisma; kaže da jeste. Oni su sasvim umireni. Odavde se opet dalje krenu, i srećno putujući prispeju u Krakovu. Baš je vašar započeo. Vašar, da mu para nema! Od sviju strana dolaze kupci i prodavci. Iz kakvih zemalja tu ljudi nema. Od silnih šatra, kola, iz daleka mislio bi da je kakav veliki logor. Robe svakojake sve na izbor.

Dva-tri dana samo hodaju po vašaru, raspituju, gledaju robu. Ovo, ono im se dopada, ali još ne kupuju, pogađaju se, i čekaju da cena koji dan padne. Čamča sve to zna kako treba, on je svemu duša. A kad je Čamča prodavcima sve konce pohvatao, onda i pogađaju se i kupuju.

Kupili su silnu robu po dobru cenu po sebe.

Kad su glavno nakupovali, onda su opet udarili na druge stvari. Od profita za auspruh kupio je gospodar Sofra gospođi Soki i ćerkama lepe đerdane od zlata, haljine. Kupio je i za Šamiku detinje poljske haljine, kurtku i tako dalje, kao što gospodska deca u Poljskoj nose. Pa je onda kupio od jednog ruskog zlatara lepo srebrno kandilo svetom Nikoli, koje će visiti u crkvi pred njegovom ikonom. Na tom krasnom kandilu izraženi su svetitelji, među kojima glavno mesto zauzima sveti Nikola.

Posle nekoliko dana spreme se na put, kola natovare s platnom, i pođu natrag. Čamča je hteo duže još u Krakovu ostati, no gospodar Sofra i Krečar nipošto. Čamča će im se za to osvetiti. Iz Krakove su opet upravili pisma kući, no Čamča je i ta sakrio.

Već se vraćaju. No na drugoj stanici zaspi tvrdo gospodar Sofra i Krečar. Čamča pod frentom dâ znak za kraći put, navede kočijaša Savu na stranputicu. Kada se ona dvojica probude, izviruju ispod arnjeva, čini im se da to nije taj isti put. Dođu do jednog sela.

— Čamčo, mi smo zabasali, mi kroz ovo selo nismo prošli.

— Ništa zato, doći ćemo opet na pravi put.

Putuju čitav dan; sve nova sela. I drugi dan; opet nema onih sela. Čamča ih jednako umiruje. Već mnogo putuju nalevo, nadesno, pa dođu u Pšemisl. Sad se Čamča izvinjava, da nije kriv, previdio je pravi put. Dođu čak u Zamosk, pa opet u Žitomir. Sad kanda se setiše

Čamčine lakrdije, pa se zareče gospodar Sofra, da ga više slušati neće, nego će sam na putu kalauz biti.

— Sad neću više nikog pitati; hoću odavde upravo u Košicu.

— To je još gore.

— Već gore ne može biti, nego što je dosad.

No pre nego što će se iz Žitomira krenuti, Krečar se pobole, padne u vrućicu. Sad je tek beda. Lečnik kaže, da se s njime nikuda ne može, dok ne preboli ili umre. Ostaviti tako bolesnog, to gospodar Sofra neće nipošto. Pita doktora, koliko mora čekati. Odgovori mu: „Tri nedelje, ako donde ne umre". Ne sme ga ostaviti, a ni kola sa platnom sama ne može kući poslati. Ne sme ni kući gospođi Sari da piše, da se ne poplaši. Zaključi dočekati izlazak bolesti svog davnašnjeg vernog druga, pa ma ga šta stalo. Prođu devet dana. Ne zna se još šta će biti. Nastupi petnaesti dan. Lečnik mu kaže, da je već bolje, nade ima da će se izvući, ali treba čekati još dvadesetprvi dan.

Gospodaru Sofri je dan dugačak kao godina.

Nastupi dvadeset prvi dan. Lečnik kaže, do sutra će sigurno što kazati. I doista, drugi dan izreče da je Krečar spasen. No sad treba Krečar da se malo oporavi. Bar osam dana. Kad je već toliko vremena propalo, neka idu i tih osam dana.

Posle osam dana lečnik iskaže, da ga sad mogu odvesti, ali u kolima mora ležati, i tek danju, i to lagano se mora putovati, a noću nikad napolju prenoćiti. Kola su dugačka, ima dosta mesta, no Čamča za kaštigu mora do kočijaša sedeti, da Krečar ima više mesta. Sad se gospodar Sofra zahvali, i lečnika nagradi.

Polaze. No neće drugim putem, nego onim koji ide na drum prema Košici. To je dugačak put, ali se gospodar Sofra ne dâ prelomiti, jer što on jedared u svoju glavu useli, to mu ne istera niko. Zabeležio sve stanice, koje na taj drum vode u Galiciju. Putuju vrlo lagano i vrlo dugo. Jedared već naiđu i na taj put, i po tom, već poznatom putu, upute se Košici. Putuju lagano, i dođu u Košicu.

No već na nekoliko dana pre toga gospodar Sofra osećao je neku grižu u trbuhu.

Tek što su u Košici, ali napadne gospodara Sofru strašna srdobolja. Sad opet ne mogu dalje; moraju ga lečiti. Tu opet ostanu tri nedelje.

Krečar se pomalo oporavio. Napiše pismo da je bio jako bolestan, no da je već malo oporavljen, i hiti kući, samo je opet gospodar Sofra bolestan, pa mora čekati. Po nesreći opet preda pismo Čamči, koji ga kući ne pošlje. Posle tri nedelje digne se gospodar Sofra, i pođu dalje. No vrlo je slab, i s njime mora se lagano putovati.

Dođu do one čarde. Birtaš ga nije poznao, tako je oslabio. Ovde ostane čitav dan, i birtaš, i njegova žena su ga srdačno dvorili. Pripovedao mu, kako sad svet dolazi u njegovu birtiju, samo da vidi njegovu figuru, kako mu zbog toga dobro ide, a lopova ni od korova, tako se od onog doba plaše čarde.

Odavde lagano dalje putuju, iz sela u selo, iz varoši u varoš, no svaki drugi dan moraju se gdegod odmarati, jer mnogo putovanje još obojici škodi. Čamči je dugo vreme, ne zna čime da prekrati. Stignu u jednu varošicu, i tu će se opet jedan dan zadržati. Tu je baš sad vašar, platno se skupo prodaje. Čamča najmi jednu šatru, i od onog platna što je za sebe kupio dâ uneti u šatru, i počne prodavati svoj espap po dobru cenu, sa velikim profitom.

Kad to čuše gospodar Sofra i Krečar, ma bolni, moradoše se Čamči čuditi, i nasmejati se: „To je pravi demon!" Najglavnija je bila stvar, što Čamča tako profitira. Gospodar Sofra i Krečar, čisto im džigerica raste, kad vide, kako već platno prolazi. Moraju ionako lagano ići, i odmarati se, a Čamča tu priliku upotrebi i dalje u korist. Uzme kalendar, i gleda gde su usput vašari. Dođu u varošicu R, i tu je baš vašar. I tu će se odmarati.

— Čuješ ti, Sofro, i ti Krečaru, i ovde je skupo platno, ajd' da ga prodajemo, to jest vaše!

Misle se, pitaju za cenu, dobro je, profita dosta. Dozvole Čamči prodavati. Već je prvi dan jedna kola prodao, sutradan druga. Cena ne može biti bolja. Mogao je prodati i treća, no ovi ne daju; hoće nešto i kući da odnesu, da ne reknu da su prazni došli. Dvoja kola isplatiše sve platno, treća kola profit. Od profita tog dobiće nešto i Čamča. Sad mogu dvoja prazna kola kući poslati napred, da se badava ne troši, i da kod kuće njihov povratak jave, a oni će opet lagano. Dvoja kola odoše, a oni će sutradan. No pre nego što će otputovati, u kafanu, u gostionu gde su odseli dođu komesari, da vide ima li tu stranaca. U kafani Čamča, gospodar Sofra i Krečar. Dva komesara najpre priđu gostioničaru, i pitaju za ovu trojicu, jesu li to strani i od kuda. Gostioničar odgovara da su strani, ali da ih on nije pitao od kuda su; vašarsko doba, ko će koga o tom pitati, kod tolikog sveta. Komesari sad sednu za drugi sto blizu naših putnika, izvade neke papire, i počnu putnike okom meriti i šaptati. Pa onda jedan priđe k njima, a papiri mu u ruci.

Stupi bliže Čamči.

— Molim, jeste li putnici?

— Jesmo.

— Od kuda?

— Iz varoši U.

— Kako vam je ime?

— A zbog čega ste radi to znati?

— Ne zovete li se Isail Čamčić?

— Tako se zovem.

Sve to zabeleži. Krečar se već okamenio, vilice mu se tresu. Sad priđe gospodaru Sofri.

— Molim vas na jednu reč.

Gospodar Sofra ustane.

Komesar meri ga, gleda mu na noge, pa promumla: „To je taj!”

— Vi se zovete Sofronije Kirić, trgovac iz U?

— Na službi.

Zabeleži. Sad priđe Krečaru.

— Vi se zovete Jovan Krečar? Trgovac iz U?

— Na službi.

Zabeleži. Sva trojica se čude šta to znači.

— Vi ste putovali u Krakovu? — pita dalje.

— Jeste l' bili u Krakovi?

— Vi se sad vraćate?

— Jeste.

— Nemojte se ništa plašiti, sve je dobro. Vi ste davno otputovali, a kod kuće nema vam glasa; vaše gospođe pobojale se, nije li vam se što zlo dogodilo, pa su vas dale svud kurentirati, i tako smo i mi sad na vas naišli. Radujemo se.

Gospodar Sofra i Krečar gledaju popreko na Čamču.

— Ta ti si pisma poslao?

— Ja sam poslao, ali Bog zna jesu l' dobili? Ko zna nisu l' porobili poštu?

— Doduše, lopova svud ima, nedavno su u Košici obesili devetoricu, što su napali tri trgovca baš iz U. Niste li baš vi ti trgovci?

— Mi smo ti, koji smo sami ubili četiri lopova — reče Čamča višim pouzdanim glasom.

Komesar meri Čamču, a Čamča tako junački pogled baca na komesara, kanda je on sam svu četvoricu smakao. Sad prijateljski zasednu, i dublje se razgovaraju, i kad im je Krečar pripovedio, kako je sam gospodar Sofra trojicu ubio, komesari ustanu, rukuju se s njime, pa mu čestitaju taj veliki šićar. Kamo sreće, vele, da su oni mogli to učiniti. Posle toga pozovu komesare u svoju sobu, te ih dobrim vinom počaste, i zahvale se. Komesari odu, a putnici sutradan opet se krenu. Nisu dugo putovali, i dođoše tim starim putem do Vaca, pa onda preko dva Dunava srećno prispeše u varoš U.

XI

Kad kući dođoše, radost velika od sviju. Svi se grle, ljube. Gospođa Sara Čamču tako cmaka, mislio bi da će mu nos odgristi. Poznala je po licu Čamčinom, da se s profitom vratio. Gospođa Krečarka Krečara grli, a plače; čula je od sluge kako je bio bolestan, kako su ih lopovi hteli ubiti. Gospođa Soka suznim očima, ali ozbiljno gleda na gospodara Sofru, pa ga prati u sobu.

— Vi ste jako oslabili!

— Nije ni čudo tri nedelje ležati!

— I lopovi vas napastvovali?

— Čula si od Save kočijaša?

— Već pre toga čitali su u novinama!

— Pa šta? Zar je to u novinama bilo?

— Jest', pa kako ste vi tri lopova ubili.

— Hm, pa šta još?

— Da su u Košici devet lopova obesili.

— Dakle sve znaš, neću ti sad više ni pripovediti, no otvori taj sanduk, da vidiš šta sam vami i Šamiki doneo. 'De je Šamika i devojke?

— Šamika sad će tek doći iz škole, a devojke ću dozvati.

Ode i vrati se sa kćerima, izvadi adiđare, i podeli.

— Budite dobre i poslušne.

Devojke mu ljube ruke, i grle ga.

— Al' si otac bolestan bio, tako nam je žao!

Svi u kući su veseli, i sam šegrt Milan, samo Pera se pokazuje ravnodušan. Kad je otac došao, a svi od radosti kliču: „Došao je otac!", „Došao je gospodar!", a Pera na to tek: „Pa onda?" Njemu su još i sad noćašnji kecovi u glavi.

Dođe iz škole i Šamika, skače oko oca, grli ga, ljubi ga, a otac izvadi poljske haljine, pa dâ mu probati; dobro stoje, samo su malo alvatne, ali tako hoće otac, dete raste, ali već mati pobrinuće se da se udese. Kćeri i Šamika odu, da se pohvale s darom. Šamika uzeo haljine u ruke, pa trči u dućan, u mehanu, na sokak, pa svakom pokazuje haljine. Srećno dete! Sad je s njime sama gospođa Soka. Gladi ga po čelu.

— Al' ste oslabili. Je l'te, nećete više ići na tako dugačak put, ne morate, niste spali na to!

— Više nikada, premda sam dost' profitirao, i još ću profitirati. No što sam ti se ja svašta napatio, drugi put ću ti pripovedati, dok se malo oporavim, odjačam.

Tako se donekle razgovaraše, pa onda opet na stari posao. Krečar kazao je svojoj ženi, gospođi Agri, da ne bi više za ceo svet tamo išao, kako ih Čamča stranputice vodio, malo nisu glavu izgubili. Najzadovoljniji je Čamča. On sa njegovim umerenim profitom sad će opet veselije da živi.

Čamča je izredan trgovac, nadmašio bi sve, no nema strpljenja, sad se hvata za jedno sad za drugo, pa je „bon vivant", lepo hoće da živi.

Čamča je sve ispričao, šta im se dogodilo, pa sad kod njega puna kafana, i jednako pripoveda. Nešto i dodaje, i sve tako ispada, da je pravio sa svojim drugovima komediju, ali doduše ne na njihovu štetu. Godinama će se pripovedati, šta su oni na putu prekužili. Kandilo pošlje parohu, da ga metne pred svetog Nikolu. Gospodar Sofri dolaze prijatelji da mu čestitaju. Kada se sasvim oporavio, idu

Čamči u kafanu, pa jednako ga o tom putu zapitkuju, pa muke mu je dok ispravi ono, što je Čamča njemu na rovaš dometnuo.

Gospodar Sofra pregleda dućan, mehanu, podrum i sve. Ište od Pere račun, kako je manipulisao. Pera mu se iskaže, ali sve nekako neuredno, preko batine. Kaže da je materi dao sve novce, a mati te novce što je od njega dobila na stranu metnula, nije ni krajcare potrošila, pa se ne slaže sa očinim računom.

Uzme ga na reč oštrije. Čuo je da je mnogo na karti proigrao, i mnogo na veresiju dao.

— ’Odi ovamo k meni bliže!

Pera onako tromo dođe bliže.

Otac sedi, a Pera stoji. Žut, neispavan, oči upale.

— Lepo si gazdovao: koliko si u dućanu potrošio, koliko u mehani, a novaca nema?

— Ja sam sve materi dao.

— Ali koliko?

— Pitajte nju.

— Ali koliko si primio?

— To ja ne znam, nisam buholter da protokol vodim, niste ga ni vi nikad vodili.

— Al’ ovo je moje a ne tvoje, imam više dece!

— Pa zašto ste me zadržali u vašoj trgovini, zašto me niste dali na škole dalje?

— Nesrećniče, tuđiš se od svoga dućana, a taj je sve vas od’ranio. Da postanem Bog zna kakav spa’ija, opet ovaj dućan ne bi’ opustio; da sve izgubim taj će me ’raniti, a ti tako gazduješ, kartaš se, piješ, daješ na veresiju.

— Dajete i vi!

— Al’ ne svakom gogi, kartašu, nego sigurnim ljudima. Pa vidiš li se kako žalosno izgledaš?

— Kad noću moram na nogama biti!

— Ne moraš baš cele noći, pred zoru lađe već odlaze, možeš leći, pa za dvojicu-trojicu bekrija ne moraš na nogama biti, ali tebi se to dopada!

Pera ne odgovara, tek zevne, kao čovek koji nije ispavan.

— Sad ću ja tebe uzeti u regulu, ako ne budeš drukčiji, ja ću te oterati do vraga, pa ću uzeti sebi zeta u kuću. Sad se tornjaj i gledaj tvoj posao!

Pera udalji se, po hodu mu se poznaje da je ravnodušan, nije ni čuo sve što otac govori. Gospodar Sofra je čuo kako se jako kartao Pera u njegovoj odsutnosti, pa svaki čovek ima neprijatelja, i načuo je da baš ti zavidljivci govore: „Sofra teče, ali ima koji će rasteći".

Gospodar Sofra kako se kući vratio, opet bolji red zavede. Peru tera da nadgleda u ekonomiji, a kad je u dućanu ili mehani, pred njegovim je očima. Mehanu je očistio od noćnih bludnika, kartaša, i svakog je lađara pozornim načinio, da se sa ovim ili onim ne karta.

Gospodar Sofra na platnu što je iz Krakove jako profitira; žao mu je, što još dvaput toliko nije doneo.

Tako gospodar Sofra sa porodicom provodi svoje vreme, od dana do dana, od meseca do meseca, od godine do godine.

Peru jednako poučava, kara, ali se ništa ne hvata. Od Pere, veli, nikad neće biti dobar trgovac, on je konjušar, kartaš. Sva mu je nada u Šamiki, ali Šamika neće biti trgovac, a ko će ostati u kući, u dućanu, kao sleme? To gospodaru Sofri veliku brigu zadaje. Promišlja, šta da radi. Da uda Lenku za kakvog siromašnog, ali valjanog momka, trgovca, pa da ga u kuću, u dućan primi? Ali taj dućan neće više nositi, kad on umre, ime Kirićevo? To mu je žao, ali nije na ino, ako se Pera ne popravi. No Pera se ne popravlja.

Gospodar Sofra dugo promišlja, gospođi Soki dosad još nije ništa o tom govorio, ali jedared već mora.

Prilikom zapodene razgovor:

— Čuješ, Soko, šta ću ti nešto kazati!

— Šta?

— Od Pere našeg neće ništa biti, ne sluša, bekrija, kartaš, valjda i pijanac.

— Mlad je još, valjda će se popraviti.

— Da Bog da, al' teško.

— Vi ste sami krivi, ja sam ga htela na škole dati, a vi s njime u trgovinu, pa još kod kuće.

— Hteo sam ga prelomiti i uputiti pred mojim očima.

— Kad je u toj birtiji rđavo društvo.

— Pa sam hteo posle moje smrti da taj dućan opet moje ime nosi.

— Pa šta vam je stalo do dućana kad imate i drugo što!

— Volem taj dućan nego sve, nek mi sve propadne, dok mi je tog dućana, propasti ne mogu. No da ti nešto reknem, malo a jezgrovito. Na Peru samog dućan ne mogu osloniti. To jest kažem dućan, ali tu podrazumevam i birtiju. Kad Pera nije za to, moram se za drugog pobrinuti. Imamo devojku na udaju, Lenku, pa kako bi bilo da je udamo, to jest, da zeta u dućan dovedemo, kakvog dobrog momka.

Gospođa Soka ćuti, kao obneznanjena.

— Pa onda taj zet čuva dućan i birtiju, a ja tek onda da upregnem Peru u ekonomiju.

— Činite što god mislite da je najbolje, samo, molim vas, nemojte devojku na silu davati za kog ona neće da pođe.

— Ko kaže na silu? Zar si ti za mene na silu pošla? Ja sam bio udovac, i taj isti dućan sam imao, ti si bila devojka, te kakva devojka, pa si opet za mene pošla!

— Vi ste štogod drugo.

— Šta štogod drugo? Taj isti dućan sam imao, odande sam se pomogao.

— Ali naše ženske nisu na dućan i birtiju naučene.

— Nisi bila ni ti naučena!

— Vi najbolje znate.

— Zato nemoj mi kvariti volju; nađem li kakvog valjanog momka, odma' ću je udati, a zeta ovamo. Sa Perom ne mogu izići na kraj. Šta si se tako snuždila, il' bi ti za nju htela kakvog sabljaša, da ono što smo stekli proarči?

— Činite, kako najbolje znate.

Razgovoru kraj. U varoši je bio jedan mlad trgovac, Nestor Čavić. Od detinjstva je bio valjan, postao je kalfa, bio je na jednom mestu šest godina, i stekao nekoliko stotina. Nestor Čavić sada ima bakalnicu priličnu, nije doduše takva kao u gospodara Sofre, ali je opet dobra. Trguje i sa slaninom i suvom ribom. Ne drži ni šegrta ni gazdarice, sam je sve. Sam kuva, sam čisti. Svaki kaže da je vredan. No ima jednu slabost, uvek pripoveda o profitu, šta je na slanini i ribi profitirao. Zato ga nazvaše Profit, Nestor Profit.

Profit dolazio je nedeljom i svecem kod Čamče u kafanu, i tu ga bolje poznao gospodar Sofra. Ne jedared je uzdahnuo, i pomislio: „Ovakav da je moj Pera!" Profit nije se nikad kartao, pa kad bi video, da gospodar Sofra sam sedi, on odmah k njemu, učtivo se pozdravi, pa onda razgovor povede o trgovini, o profitu. Sve se to gospodaru Sofri dopada, pa mu se dopada i Profit. Profit laska gospodaru Sofri, kaže, da je njegov sin, ne bi se menjao sa spahijom, osobito kad bi on bio u dućanu i birtiji gospodara Sofre.

Gospodar Sofra pozove ga jedne nedelje na ručak. Na ručku se lepo ponaša. Frajla Lenka učtivo ga poslužuje, ali je ozbiljna. Profit baca oko na nju, ali ona ne da svoje zenice, ne da svog pogleda uhvatiti. Shvata šta Profit misli. Mlađe sestre gledaju slobodno na Profita, pa se malo smeše, a gospođa Soka u potpunoj ozbiljnosti. Sve se njih dvojica razgovaraju. Gospodar Sofra svaki čas nudi ga vinom, pokušava, bi li mu slabost uhvatio, bi li bi se malo nakresao, no Profit pametan, ne da se uhvatiti. Tu posle jednako se o trgovini razgovaraju.

Tako više puta ga na ručak zvao. Profit moli za dozvolu, da može svecem i nedeljom posle ručka porodici posete, vizite, činiti. Gospodar Sofra dopusti. Kako ne, kad tako otvoreno moli! Profit, jedne nedelje tako na ručak pozvat, posle ručka za stolom duže sedi, gospodar Sofra ga zadržava.

Devojke su u drugoj sobi, soba do sobe, i to vrata malo otškrinuta, tako za tri palca, da se može čuti onde šta Profit govori.

Profit pripoveda, kako sadašnji mladići idu po birtijama, igraju karte, bekrišu, troše novce, ali on — Profit — ne ide nikud, ni na bal, ne zna ni igrati. I to je Profit jakim glasom izrekao, kako bi tamo u sobi frajle čule. Frajle čuju to, pa se kikoću.

„Ne zna igrati!” Treba frajla Lenka takvog đuvegiju! Sad bi rad Profit u drugu sobu, da se malo umiljava, ali ne zna kako će. U sobi je bio jedan beo glavat mačak pa se po sobi šeće. Profit ustane.

— A da lepa velika mačka. Taj ’vata pacove, takav da mi je.

Pa onda Profit pregne se, počne mačka gladiti preko glave, rtenjače i repa. Mačak umiljava se, ali sve k otškrinutim vratima domiče, i „cic-cic”, pa kad dođe do vrata, a mačak u sobu gde su frajle. Sam ga je Profit unutra doterao, što su frajle primetile, i počnu se grôtom smejati.

— Ao, vraški mačak, pobeže mi u sobu, oprostite frajlice!

Gospodar Sofra ili je to primetio, ili ne, dosta to, da je viknuo: „Zabavljajte se, Čaviću, malo; ja imam posla”. Možda je za oca ta prilika fino ispala, da se sa Lenkom upozna, a „da se ne sećaju Vlasi”. No sve je badava. Lenka nikad za njega poći neće. Badava sad tu Profit hvali svoj espap, ribu, slaninu, badava kleveta one što igraju, na balove idu, ne hvata se. Devojke se tek odsmeju.

Prođe vizita. Profit lepo sanja, sve o Lenki i svatovima, kako prodaje u dućanu gospodara Sofre, ali je tek san. Na javi nikad ništa neće biti. Ma ko dobio frajla-Lenku, ali Profit nikad, baš zato što je Profit, tako misli i Lenka i njena mati.

Prošlo je deset godina, u životu čoveka dugačak rok. Koliko se za to vreme svet menja, koliko se rode, koliko umru, koliko njih srećnih, koliko nesrećnih!

Za desetak godina i u obitelji gospodara Sofre Kirića nastala je velika promena.

***

Gospodar Sofra je ostareo, tako isto i gospođa Soka. Nije ni čudo. Lenka se udala za jednog sudca, protiv očine volje, koji je hteo za Profita. Profit je drugu uzeo, kakvog zeta neće dobiti. Pelagija, ona lepa devojka, ta „penorodna Anzihis", umrla je. Katica se još nije udala, prešla joj prva mladost. Izbira, neće da se uda. A Pera je beda; dao mu otac jednu kuću i nešto novaca, on hoće da radi na svoju ruku. Sva je nada još u Šamiki. Šamika je već pravnik u Kašovi. Nije šala, bogatog oca sin pa jurista, kud će lepšeg života! Kada je manje škole u okolini svršio, posla ga otac u Košicu, da tamo uči. Košica mu se dopada još od krakovskog puta, lepa, čista varoš, prijatan svet. Šamika je već tu ima tri godine, i naučio je fino nemački. Izobraženo građanstvo, oficirija, tu je lako nemački naučiti. Tu je i vladikina rezidencija. Sad je Šamika sleme, gledi otac u njega kao u zenicu. Troška mu dao više nego što je dovoljno, koliko je Šamika hteo. I bio je doista gavaler među juristima. Lepog uzrasta i lica, ponašanje bez svake zamerke. Gde se pijanči i bekriluk tera, tu ga niko nije mogao videti. Nije bio ni kartaš, nešto malo vista i taroka to je sve, naravno u otmenijem društvu. Svud je bio primljen, svud su ga voleli, i profesori, i građani, i oficiri, i dame. U nošnji je bio pravi „dandy", u ponašanju „gentleman". Dobar, iskren drug, pun požrtvovanja za svog prijatelja. Jednu je imao slabu stranu, a to je, da je slabo učio, no profesori su mu zbog ostalih njegovih dobrih svojstava mnogo kroz prste gledali — premda nije bio bez talenta. No nije ni čudo. U takvom izobilju, svud tako primljen, u društvenom životu bio je takav na kog je otmena publika računala, i on je tom poverenju odgovorio.

Ako treba na igranku, u tancšul, tu je on. Ako treba kotiljon upravljati, tu je Šamika. Ako treba dame servirati, na balu, u pozorištu, tu je Šamika. Pa u svatovima dever, pa aranžer majalesa. Nije to baš ni lako, i tu treba imati sposobnosti. Pa takav je čovek, osobito mladić, opšteljubljen. Pa je znao još svirati u flautu i na gitar, pa nije rđavo ni pevao. Lepa svojstva za dopasti se.

I Šamika, takav mladić, opet nije se nikad mogao oženiti; ne da nije hteo, no baš nije mogao. Šamika u tom raznovrsnom svom zanimanju nije imao vremena za nauku. Ali u ono doba učiti se bila je dužnost siromašnog mladića, a kod imućnog gdekojeg bilo je tek „plemenita pasija". Šamika je bio na stanu u kući gradonačelnika, dve lepo uređene sobe. Jelo se donosilo iz gostione. Od kuće je doneo sav „service" od srebra. Belih haljina, veša, sijaset. Pa kakvih tu nema u ormanima haljina, kakvih kaputa, atila, frakova, venecijanera, kakvih i koliko pantalona i čakšira, da je mogao dve nedelje svaki dan menjati. Pa jedan veliki orman pun raznih cipela i čizama, sa mamuzama, bez mamuza, čizme od najfinije kože, pa od crne, od jelenske kože. A rukavice retko triput da navlači.

Prohujaše i njegova lepa vremena u lepoj Košici. Ostavio je posle sebe lep spomen. Pred nogama mu cveće cvalo, gleda u njega, moli da ga uzabere, a on — ne zna da cveće za rosom čezne, ne uzabra ga, no okrenu se i ode. Cveće je posle uvelo.

Šamika svrši prava i dođe kući. Ocu suze oči od radosti, gdegod se s kakvim prijateljem sastane, na putu, na pijaci, svakom kaže: „Moj Šamika svršio je škole — svršio je prava". Mati i sestra, igra im srce od radosti, sa Šamikom se diče. Gospodične, kad se Šamika šeće, otvaraju žaluzine, ili potajno izviruju. Tako prvi dan jedna frajla, čuvši da ide Šamika, brzo prozoru, pa u hitosti, da se ne bi zadocnila, razbila je glavom prozor.

Ali Šamika i jeste izgledao primamljivo, demonski, pa kad se šeće u kratkom kaputu, sa šest džepova napred, a na levoj strani gore iz džepa mu viri svilena šamoa marama, svakoj srce brže kuca. A kad se oblači, pa kravatu veže, dođe sestra ili mati da mu pomognu kravatu nameštati, i premda je on u tome majstor bio, ipak njima je to dopustio, jer im time radost čini.

Sad će Šamika postati u Pešti, jurat, askultant kod najvišeg suda, to je već nad juristom, a jurista je već mnogo. Tu je Šamika proveo godinu dana u veselju, agricplesu, nešto je prakticirao, pa položi advokatski ispit, i postane fiškal. Dakle sad je već Šamika fiškal, ispunila se želja roditelja. Gospodar Sofra opet radosno po sokacima hoda, i prijateljima daje na znanje da je njegov Šamika već fiškal. Sad otac rad samo da ga oženi. Neće ga ganjati koju da uzme, ostaviće mu to slobodnoj volji.

Dođe vreme igrankâ. Tu Šamika predvodi. Krasan venac od devojaka, ma koja bi za njega pošla, i našao bi koja bi to zaslužila. No prokletinja neka na malim mestima i varošicama, da drže što je iz svog mesta da je loše. Ako se koja dopadne, pokudi ovaj ili onaj, ili živi ovaj s onim u neprijateljstvu, pa je stvar pokvarena. Šamika lako bi našao koju, ali čuje mati ili otac štogod, pa onda zna da već nije njima povoljno. No usred takovih planova nešto veliko se dogodi. Gospođa Soka, otkako je Pelagija mrtva, ne može od žalosti da se razabere. Njeno srce vene. Padne u bolest, a to bolest srca; užasno žalosno joj kuca srce. Pa onda Pera sasvim se zabatalio, otpadio se od kuće, od matere, od oca, niti je izgleda, da će otac na glavu bludnog sina oprostljivu ruku metnuti. I to je grizlo. Katica, ta dična devojka, već joj prelazi vreme, neće da se uda, kad je otac nije hteo dati za onog, kog joj je srce želelo. Veliki udar, ni sva nada prema Šamiki nije mogla bolju utaložiti. Dok je Šamika pred njenim očima, odvuče se od crnih misli, u tom magnovanju raduje se kanda nema tereta na srcu. Kako nema Šamike, njoj iz groba pred oči izlazi Pelagija, onako obučena, kao kad su je zakopali.

Opet opomene se njenog detinjstva, devojačkog doba, gde se Pelagija kao gracija oko nje savija, ljubi je, pa utone u san, misli da je na javi — razabere se, vidi da je mašta, strese se, a srce joj se stegne. Bolja neopisana, duša boli.

Otima se za život, vuče je budućnost Šamike, ali jača je prošlost koja je vuče grobu. Gospođa Soka jednog dana jako se razboli i umre. Nikakve lekarije nisu joj pomogle. Nju je ubila tuga, njenu tugu vreme nije moglo izlečiti. Po sve velika nesreća. Gospodar Sofra izgubi desnu ruku. Katica izgubi utehu, naknadu za neudes sreće. Pera je izgubio pokroviteljicu, koja je sinu milosrdnu ruku pružala, kad ga pravedan greh očin goni. Udata Lenka izgubila je u sumnjivim stvarima savetnika, proricatelja. Šamika je izgubio gnezdo, gde se kao tić pod njenim zakriljem grejati mogao; neće više takvog gnezda imati.

Gospodar Sofra je kao izvan sebe, skoro nije više taj čovek; moraju ga uvek tešiti. A ko će ga tešiti? Katica? Šamika? Ta oni sami utešitelja trebaju. Kada je umrla, Šamika nije ni kod kuće bio. Lepo su je ukopali i iskreno su je oplakali. Velika promena u kući Kirićevoj. Gazdovstvo veliko, a nema ko će kao do sad upravljati, nema Sofri savetnika, iskrenog prijatelja. Deca ne razumeju. Vrativ se s puta, Šamika plače, jadikuje, ide materi na grob. Sve je badava, odletela je ptica. Sve je žalosno u kući gospodara Sofre. Tako se provodi žalosno.

Gospodar Sofra ima jednog starijeg šegrta, taj je sad u dućanu. Pera tek katkad obilazi oko kuće, da vidi kako je tamo, zapitkiva mlađe. Nema prave gazdarice. Katica živi u prvom katu sama za sebe, u dućan nikad ne ide. Katica, već ima dvadeset i osam godina. Ta lepa Katica, sa palestinskim licem, još je lepa. Kao Judita, kao Ester, Mardoheja kći, koja bi još mogla kraljeve opsenuti, neće da se uda. Ona je izgoreli vulkan, nije već živo, zeleno, ponosno brdo. Imala je zaručnika. Zaručnik je prosi; otac zateže. Zaručnik umre.

Katica, kao negda Isaure Clemence, ide na groblje na ružičalo, deli cveće, vence, i poklone čini ljubećim se, da im svezi njihovoj pripomogne.

Posle nekog vremena, gospodar Sofra zove Šamiku na važan razgovor, u salu.

— Sedi, moj Šamika.

— Vidiš onu kontrafu? To je bila tvoja mati.

Šamika plače.

— Ja sam najviše izgubio, nemam gazdarice. Oženi se jedared.

— Kako ću se ženiti, kada mi mati ne ide iz glave? Nikad ne mogu je zaboraviti, tu dobru moju mater.

— Koji dan biće godina kako je umrla, biće parastos. Ja crnilo nikad neću skidati, ali ti si mlad, ti ćeš skinuti, pa sebi traži, nađi ženu, gazdaricu, koja će i mene u starosti dvoriti.

— Šta će svet reći, kad čuje, da se tako brzo ženim?

— Šta može kazati? I drugima je mati umrla, pa su se oženili. Samo gledaj da dobiješ takvu, kao što je tvoja mati bila.

— Al' za ovaj mah ne mogu se ženiti, voleo bi' malko putovati, pa kad se vratim.

— A kuda bi ti putovao?

— Išao bi' u Talijansku.

— Pa dobro, idi malo putuj, pa kad se vraćao budeš, a ti nuz put razgledaj se nalevo i nadesno, pa s kojom ti budeš zadovoljan biću i ja. Ti si dobrog srca bio uvek, i sada si, pa valja će ti Bog sreću dati. Bar to da mogu doživeti, lakše bi' u grob... Kada si rad ići, kaži koliko ti treba novaca?

— Biću zadovoljan što mi vi date.

— Je l' dosta dve hiljade?

— Ja sam zadovoljan.

— Kada si zadovoljan, daću ti tri; samo nemoj da oklevaš. Moji su dani izbrojani, a ti što imaš čini zarana, jer znaš kako kažu: „Docna ženidba, deca siročad". Dakle, opet ti kažem, ne oklevaj, spremi se. Jesi l' me razumeo?

— Jesam.

— Dakle, kad ćeš polaziti?

— Mogu prekosutra. A koliko dugo mogu izostati?

— To od tebe zavisi, neću ti termin nametati, budi sam pametan; dakle, sad idi pa se pripravi, novci su gotovi.

Šamika se pripravi, spremi, i sutradan kaže ocu da je gotov za put. Zajedno još večeraju, otac ga još svetuje, da se čuva, da ne ide u rđava društva, i otpusti ga da legne, jer mora ranije ustati. Sutradan Šamika sasvim spreman, ocu se prijavi. Kola su već spremna, donekle će na očinim kolima putovati, pa onda će deližansom, ili kakvim posebnim podvozom. Izbroji mu tri hiljade forinti. Posle mu još da jedan materin prsten.

— Od mene već imaš prsten, evo ti jedan od matere; ako si voleo i poštovao mater, ako poštuješ i voliš mene, to nek ti bude zaloga, da kad na nj pogledaš, da se opomeneš tvoje matere i mene, i da ćeš ono činiti, što smo mi tebi želeli.

U Šamike suzne oči.

— Sad te, sinko, više zadržavati neću, putuj srećno!

Šamika poljubi oca u ruku, a otac njega u čelo i obraz. Sedne, pa ode. Otac pred kapijom dugo za njim gleda. Šamika otputova.

Šamika je bio dobra srca, ali samo nešto mu u karakteru falilo i to važno. On je za materom iskreno žalio, i kad mu ko spomene mater, gotov je na plač. Ali u društvu veselom lako opet zaboravi, gotov je odmah na igranje. Nije čudo. U detinjstvu rastao je među ženskima, sestrama. Docnije, po višim školama, sve je nekako u kućama sedeo, gde su dame; primljen bio je lepo, pre podne među ženskima, posle podne među ženskima. Upio je nekako žensku narav. Naučio je od ženskog štrikati, vesti. Kada je kojoj trebalo da konce u klupče zavija, njegove ruke služile su za motovilo. Ako je u pozorištu, na balu, na majalesu, sve sa damama. U muškom društvu gde nije bilo nijedne dame, nije se dugo bavio. U crkvi, i ma gde, znao je opisati tačno kako je koja dama obučena, kakve je imala haljine, šešir, rukavice, cipele, ali sve. I to je odmah znao primetiti, je li koja ukusno obučena ili ne. I kad bi koja bila ukusno obučena, onda bi rekao o njoj „Kabinetsstück". Ako je koja poznata dama štogod htela kupovati, to je njega za savet pitala, i kad bi koja rekla, da je njena haljina ili smesa boje po ukusu Šamikinom, to je bilo dosta. Novine, razgovor, predmet, to je sve bilo iz ženskog života. Šamika je salonski, ali opet više ženski nego salonski.

Dakle, falila je njemu muška crta, što se nikad oženiti ne može. Ide za ženidbom a ne može. Ostaće ženidbe Tantalus, ženske vazdan oko njega, ali kad hoće da prihvati svaka izmakne. Sa Šamikom razgovarale se ženske ne kao sa muškim, no kao sa ženskim, a ipak je Šamika lep čovek, da što se forme tiče nema zamerke. I muškima služi kao žurnal; kako Šamika kakvu haljinu načini, to njegovi drugovi odmah po njegovom kroju naručuju. Nikad neće se sa kakvom ženskom usporečiti, on uvek će o svakoj lepo kazati, moderni Frauenlob. I ko bi rekao da će takav čovek otpasti od tako muškog značaja kao što je gospodar Sofra!

Neka ga neka putuje. Gospodar Sofra donde uređuje kod kuće, ali dosta bez volje; samo to ga jedno drži, da je rad Šamiku još za svog života u kućevnom redu videti. Slabo kud ide, ode Krečaru i Čamči. Tu Čamča kao dobar prijatelj gleda da ga uteši, spominje mu krakovski put, i onda se tek malo razbere, malo veselije lice načini.

Čamča pak jednako svoje staro tera, njegova narav ne zna za ozbiljnost, uvek veseo, sve za svetsko uživanje, iako nije Sibarit. „Ta život ne traje hiljadu godina!", to je njegovo. Pa ima para. Da je svećom tražio, ne bi bolju našao, ona mu sve odobrava, ta njegova Sara; veli, da još jedared na svet dođe, s fenjerom bi Čamču tražila, a kad ga ne bi našla, onda bolje opet u grob. Ona ima kod kuće svaki dan komediju, pa ili se bolje ili gore vodilo, Čamča je uvek jednak.

Krečar, i on je srećan čovek. Ima ženu, njegovu Agru, koja mu u svačemu gove. Njegovi prijatelji su i njeni prijatelji, i jedno i drugo nikad drukčije ne zove već „duško". Ima jednog sina, slavan fiškal, pa onda unuke.

Ta dva čoveka još potkrepljuju duh gospodara Sofre, Krečar sa dobrotom, iskrenošću, Čamča svojim električnim duhom budi uspavane živce Sofrinog života. Danas je kod jednog, sutra kod drugog, ili obojica dođu gospodaru Sofri da mu iz glave tugu izbijaju.

A šta je sa Perom? Hoće li se jedared taj bludni sin popraviti, i očin blagoslov zaslužiti, što bi ocu kao melem na srce kanulo?

Da vidimo.

Pera je već prešao trideset godina, a upravo još ništa nije naučio. Kod oca u dućanu, više je bio u početku gazda nego šegrt. Mlađi ga zvali „mladi gospodar", pa nije ni prošao kroz šegrtsku školu, u koju nije hteo ni đavo da ide. Pa onda u ekonomiji, po školama, u podrumu.

Gospodar Sofra imao je toliko mnogo posla u raznim strukama, da nije mogao baš svud na Peru paziti. On je mislio, Pera će raditi što on, to jest, kako se od njega nauči, pa će biti dobro. No Pera nije imao na trgovinu volju.

Do krakovskog puta moglo se još s njim kojekako, ali posle, nikako s njime na kraj. Otac ga otera, pa na molbu materinu opet primi, dok nije bio prinuđen istisnuti ga.

Tom prilikom reče ocu, da mu što dâ, da će on sam gazdovati. Otac se i na to reši, dâ mu jednu kuću s velikom baštom, pokućanstva nešto, i hiljadu forinti. Kamo sreća — veli — da je on imao toliko kad je počeo! Pera se u svojoj kući uredi, uze neku gazdaricu. No šta će početi? Valjda dućan? Bože sačuvaj! Pera je bio sasvim od drugog kalupa čovek. Nije bio ni na oca ni na brata. S bratom se razgovarao, kao s kakvim tuđim čovekom. Nikad se taj s bratom poljubio nije. No ipak je bio originalan čovek.

Stvora je bio povisokog. Prav kao trska. Lice uzano i jako ovalno, suvo, žućkasto; oči crne, velike, velike obrve, čelo, veliko, pa spreda dosta ćelav, ma još mlad; pogled ponosit.

Ko ga je prvi put video, odmah je morao reći: „Ovo je isti Don Kihot". Tako je na ovog naličio, ili bar na sliku, kako Don Kihota malaju. I što je čudo, imao je i narav Don Kihotovu, kao što ćemo videti. Da je kakav, značaj mu je muški, ne kao u Šamike. Osobito odgovarali su licu marcijalni veliki brkovi. Njegove misli, planovi, bili su čudnovati, izvanredni, te da se mnogo puta njima svet smejao, ali opet bili su originalni.

Dakle Pera neće dućan. Pera je, kao što znamo, konje voleo. Ima hiljadu forinti, za to će konje kupovati.

Ode kod Nestora Čavića u dućan.

— Dobar dan, Nestore!

— Bog dobro dao, Pero! Otkud ti? Čujem da si se već uselio u tvoju kuću; dobio si, kao što čujem, i hiljadu forinti; tu se već može šta početi. Hoćeš otvoriti?

— Kakav dućan? Zar od pauka sin baš mora pauk biti? Mani se toga! Došao sam da te pitam, imaš dosta luka na prodaju; rad bi' kupiti.

— Imam, ako hoćeš na kile!

— Al' arpadžika za sejanje?

— I arpadžika. Koliko hoćeš?

— Treba mi holbi.

— Našto ti toliko?

— Imam veliku baštu — smeš se i pali lulu.

— Ti si, Pero, nešto dobre volje!

— A zašt' da ne budem dobre volje! Ja ću vami svima trgovcima i bakalima i mom ocu pokazati, šta sam kadar. Za pet godina moram se obogatiti.

— A kako to? Ded reci i meni, pa da stanemo u kompaniju.

— Tu ne treba kompanije; samo treba umeti. To još nije niko probao, ali ja ću prvi.

— Pa govori! Da čujem.

— Davno već ja to premećem u glavi, ali sad ću da izvedem — smeje se.

— Ti govoriš baš kao lud. Pa kaži jedared, šta je!

— Stvar sasvim prosta. Sad ću kupiti lađarske konje koji su već sasvim iznemogli, i to za bagatelu. Pa onda ove konje ću lečiti, i izlečene prodavati. Pa onda kupiću samo jednu krmaču s prasicima, nekoliko pari pilića, nekoliko pari gusaka i pataka. Svu živad ću držati pet godina, nijedno neću klati, pustiću da se plode, pa sad proračunaj, koliko ću za pet godina imati krmaka, kokošaka, gusaka, pataka, pa onda ću posle pet godina sve to prodati. Računaj sad! — smeje se.

Smeje se i Profit.

— A kako ćeš sve to izdržavati?

— Kako? Imam veliku baštu, već druge godine koliko im ustreba imaće dosta od crknuti' konja. Šta misliš, kad kupim od lađara polucrknute konje, komad po pet forinti! Koža to sve isplati. Pa ako se konj oporavi, prodam ga skupo, ako ne, ono meso za živad; da vidiš, kako to rado jedu.

Smeju se obadvojica.

— Doduše kad bi se to tako moglo iz'raniti, ne bi zgoreg bilo; al' kako ćeš tolike krmke 'raniti?

— Prve godine moći ću lako svu živad izdržati, pa ako drugu izdržim, onda je osigurana stvar. Kada posle druge godine toliku živad imam, zar neću naći koji će mi novac uzajmiti, kad vidi koliko imam.

— No ja ne bi' se smeo u takovo što upuštati.

Razgovoru kraj. Pera kupi arpadžik i ode.

I doista, Pera se nije šalio. U svojoj kući gradi od čerpića veliku štalu. Kupuje jeftino polucrknute konje. Uzeo jednog veštog Ciganina za slugu. Pravi ograde za živad. U bašti seje luk, detelinu, spanać, i druge sitnarije. Već je kupio krmaču sa prasicima, pa kupuje sve par po par pernatih, sve od dobre fele, pa ih nosi kući, kao negda Noje u svoju barku. No treba i konje kupovati. To je lako, sve to može dobiti na Dunavu, kod birtije oca.

Kako je Pera naučen bio na tu birtiju, ne može se dugo uzdržati, a da onamo ne ode. On odlazi u tu birtiju, većinu vremena onde probavlja. Kad ga otac vidi, gleda ga popreko, ali ga ne može isterati; on je gost u birtiji, kaogod ma ko drugi, pa otac mora mu se sam uklanjati. Šta će s njime? Beda je, a, drugo, možda mu leži u planu, da vidi čemernu trgovinu bludnog sina. To baš ni gospodar Sofra ne može mu zameriti; sav život je proveo u toj birtiji, od detinjstva. Svaki sto, svaka klupa mu je onde mila uspomena. Pera kad ima vremena, tu je i danju i noću. Kad nije kod kuće oko živadi, on je tu. Lađare sve u oko poznaje. Kako koji konj obangavi, oslepi, ili je jako ozleđen, da se njime dalje više ne može, onda Pera sve to pokupuje. Gdekoji konj je tako slab, da živeti ne može pô dana. Onda pošlje po svog vernog Ciganina Rašu, pa ovaj izvede konja na ledine, i svrši kožnu operaciju. Kadikad dođe i do dobrog konja.

Jedared tako sedi pred birtijom, puši, čeka lađe. Dođe na konju jedan bećar, siđe s konja, veže ga o kapak dućana, pa ide u birtiju, da pije. I on i konj oznojen, jako je morao juriti. Meri konja; lep konj. Uđe u birtiju, meri bećara, pita ga, je li konj na prodaju.

— Je l' taj konj na prodaju?

— Za novce je sve na prodaju! — odgovori mu oporno.

— A pošto bi ga dao?

— Dvesta forinti.

— Daću ti sto.

— Ni krajcare manje, dvesta.

— A gde si ga kupio?

— Na vašaru.

Na to Pera izađe u avliju, i pošlje očinog kočijaša u varošku kuću po latova, da odmah dođe. Latov nabrzo dođe, ali baš maločas pre seo je bećar na konja i odjezdio. Nije se hteo u birtiji dugo baviti.

Gospodar Sofra baš onda nije bio kod kuće, otišao je Čamči. Sad je Pera u svom elementu. Zaboravio je da on nije više član u kući, ode sa latovom u štalu, posednu dva najbolja konja, pa jure tragom bećara. Za četvrt sata stigli su ga. Bećarov konj umoren. Bog zna otkad ga već juri. Opkole ga.

— Dakle tu si ti, junače? Dole s konja, to je krađen konj!

Bećar videći latova sa pištoljem, nije mu na ino, mora da siđe.

— 'De ti je pasoš? Bećar po džepovima traži, nema pasoša.

— Sad ćemo te vezati konju o rep, pa ćemo te tako voditi u varoš, a bićeš obešen. Znaš da je štatarijum?

Bećar prizna da je kraden konj; daje konja, samo moli da ga ne vežu, da ga puste slobodno.

Latov gleda na Peru, vešto namigne, već su se razumeli.

— Taj konj je moj i nedavno su mi ga ukrali, Bog zna od koga si opet ti ukrao. No praštam ti. Eto još jedna forinta na put! — reče Pera.

— Pa sad se odma' čisti, jer ako te još vidim, štranga ti ne fali. Zasad ti praštam — reče latov.

Bećar najpre laganim, a posle brzim koracima provuče se do šume, gde ga i nestane. Sad se latov i Pera na konju podele. Pera mu je dao pedeset forinti, a niko još ne zna za celu stvar, razglasiće kakvog lepog konja je kupio njemu na očigled za dve stotine forinti. Vrate se sa tri konja natrag. Pera i latov očine konje metnu u štalu, a Pera sedne na novog konja i ode s njime kući.

Kad Raša vidi konja, začudi se.

— Pravi gospodski konj — reče.

Pera nije dugo držao tog konja. Otišao je treći dan na vašar, pa ga prodao za dvesta dvadeset, još mu se i trošak isplatio. Za te novce kupuje lađarske konje i hranu. U celoj stvari tog kradenog konja, to je zanimljivo, što je Pera odmah poznao da je to kraden konj, to poznao je i po konju, i po bećaru.

Pa kako Pera sa Rašom lepo timari lađarske konje! U početku ga dobro hrane, ako je za život, pa mu daju za neko vreme sa hranom malo pomešanog arsenika. Konj pokraj toga dođe do mesa, pa onda na vašar s njime. Katkad puna štala konja, još i u avliji ima ih. Kad nema hrane, onda je muka. Otkuda će Pera za tolike konje hranu nabaviti! Sečka, trava, detelina, sve to nije dosta. Jedared, u nuždi, probao je sa spanaćem konje hraniti: nekoliko konja mu od kolike pocrkaše. Pa kako su mirni ti konji! Šetaju se mirno po sokacima, gladni, naiđu na decu, koja im milosrđa nešto pruže, parče 'leba.

Tako jedared baš je Pera ušao kod Profita u dućan. Konji su ga izdaleka poznali, pa jedan za drugim, u redu kao kad lađu vuku, idu upravo u dućan. Prvi je već u dućanu, pa već jede iz džaka zob. Profit ga istera.

Pera se smeje.

— Vidiš, tako treba konje dresirati, tako idu kao iz škole. Lako je bilo mom ocu pokraj crni' banaka obogatiti se; nek proba ovako.

Tako se Pera s konjma i živadma muči, pak sav novac u njih utroši, pa katkad s njima do takve nužde dođe, da u štali konji od gladi i besniluka jedan drugome meso čupaju. Pa kad dođe krajnje vreme, takvi konji prodati se ne mogu, onda Raša svoje kožne operacije izvodi. Živad opet dobije bolest, pa pocrka, i Pera nikad ne može da se protura kroz jednu dobru godinu, pa u nuždi opet sve prodaje. A kad nema konja, on kupuje magarce; ima ih katkad po pet-šest, pa milota kad mu zapevaju. Jedared, opet, toliko je posejao luka, i toliko mu rodilo, da se jedva u podrum mogao smestiti, pa neće da ga prodaje; čeka preko zime. Nastupi rano proleće, pa proklija, mora ga na đubre baciti.

A kad se sve žice pokidaju, u velikoj nuždi, vreba kad otac nije kod kuće, pa otvori silom čekmedže i odnese novac. Kad to otac čuje, psuje, preti mu. Ali šta će? Valjda ga tek neće na sud dati? Sramota mu je; kazaće: Ti si ga tako od'ranio. Tako živi Pera. Zaista Sizifov posao. I opet ne da sebi iz glave izbiti. Počne pa padne, pa opet počne, padne; sve tako. A pokraj toga živeo je čemerno, bećarski. Kakva razlika između Šamike i Pere! Pera da stane pokraj Šamike, izgleda kao kočijaš prema grofu!

Pa zbog tih njegovih konjušarija i fantazija Šamika neće ni da ga gleda; kad mu ga ko spomene, moli da se mane razgovora o njemu. No i Pera nije za njega mario. Kad leži na klupi pred birtijom, a Šamika prođe, reći će: „Gle štucera za crne banke moga oca".

Ali naprotiv, svaki je morao priznati, da je dobra srca, siromahu će pomoći, pa ma sa sebe skinuo. Bio je smešan, čudoredan, ali misli, njihov zamašaj, pokazavali su da je duh za velika preduzeća. Šteta!

XIV

Šamika, kad je otputovao, nije ni sâm znao kuda će najpre. Rad bi u Milano, a rad bi u Mletke. Venecija i Majland, to je bila Meka i Medina za putnike „par plaisir". Na putu u deližansu jedan mu jedno, drugi drugo preporučuje. Reši se za Mletke. No pre nego što će granicu preći, promenio je banke u lire.

Još jedan iz Nemačke s njim putuje, ali ovaj tek nešto štrbeka talijanski, a Šamika baš ništa. Dođu do Udine. Odavde odu u Conegliano, pa onda u Belluno Treviso, i još tumarajući kojekud dođu u Mletke.

Tu moraju naći koji će ih voditi. Naiđu na jednog kalauza, i taj ih vodi kud se njemu dopada. Voze se lagunom i kanalima, sami ne znaju kuda će, pa tek jedared nađu se u San Paolu, i tu se nastane. More, vodeni putevi, crne brze gondole, silne crkve i palate učiniše na njega neki fantastičan utisak. Nije verovao sam sebi. Kad noću zaspi, a on sniva, kanda jednako u kakvu panoramu gleda. Tri dana ne može da se razabere, dok mu se oko na taj čudan svet ne nauči. Sravnjava Košicu sa Mlecima!

Posle nekoliko dana, kada se ohrabri, on i taj Nemac idu da gledaju kako izgleda iznutra varoš. Ali ne zna kako će, više vode nego zemlje, pa sve se mora na čamcu voziti. U početku za suvozemnog čoveka ne baš najprijatnija zabava. Ali kad se malo nauči, milota.

Već kad je u San Paolu, posetiće najpre starodrevnu crkvu Santi Giovanni e Paolo. Pa onda svud redom, prolazio je kroz nekoliko dana bez prestanka lagune, rive, kanale, fondamenta, Riva degli Schiavoni, Pijačetu, Markovu pijacu, Ponte di Rialto i svud gde je šta znamenitog bilo.

No za vreme njegovog bavljenja, što je god video, najviše mu imponovala crkva svetog Marka i Campanile di San Marco sa onim lepim arkadima. A najmilija šetnja mu je bila od Lido prema Chioggia. Docnije tako mu se dopalo, da ne bi branio onde zasvagda živeti. Nije ni čudo: Šamika, takav „dandy", pokraj finih Talijankinja. Naučio je brzo i talijanski, jer talijanski se jezik lepi.

Gotovo svaki dan je išao u pozorište, i to najviše u La Fenice i to kroz „vodenu" kapiju. Zabeležio je sve kako se dame nose, od gore do najmanje sitnarije. Imaće šta kod kuće pripovedati. Naučio je jesti ostrige, morskih školjaka, morskog raka, strahino i gorgonzole, a bez parmezana nikad nije čorbu jeo. Pa onda voće, smokve, urme, narandže; već je u februaru jeo zrele kajsije. Kupao se jedared u laguni, baš blizu mora, i to je morska voda.

Pre nego što će se svući, ište papir i pero, da ocu napiše pismo. Ionako treba mu novaca, istrošio se, pa će baš ovom prilikom oca iznenaditi. Sedne pa piše pismo:

Ljubezni oče!
Ako ste radi za mene razumeti, ja sam fala Bogu zdrav, i molim Boga za vaše zdravlje. Ja se sad baš u moru kupam; to je vrlo zdravo, tako ovde kažu. Mlogo ljudi sam ovde video, sve vam sad ne mogu kazati, no kad se vratim, isprepovedaću vam. Mlogo svašta sam tu naučio, o čemu nikad ni sanjao nisam. No jako sam se istrošio, jer je put skup, a i ovde je velika skupoća, jedna zrela kruška, što kod nas tek oktobra zre, srebrn cvancik. Pošljite mi molim vas novaca, jedno dve hiljade, na pošti, i to u dukatima, jer ovde banke ne idu. Rad sam što da nakupujem. Kako dobijem novce, odmah ću se vratiti. Pozdravite sve, adresirajte ovako: Venezia San Paulo Nr. 5008.

U Veneciji, 1. aprila 18...
ljubeći vam desnicu
pokorni sin
Šamika.

Okupa se, i obuče. Kad ode, preda na poštu pismo.

Tako Šamika provodi vreme, a ženidba ne pada mu na um.

Dugo čeka, pa tek jedared javi mu pošta da su novci sa pismom stigli. Otvori pismo i čita:

Dragi Šamika!

Tvoje pismo primio sam. Ja sam zdrav, no to me veoma opečalilo, kad sam čitao da se u moru kupaš. Zar onde nema drugih ilidža, već moraš u moru. Ja sam zbog toga opečaljen jako, mogu te talasi morski odneti. Ako si živ, kako dobiješ pismo, a ti odmah natrag. Od brige ne mogu da spavam, vrati se. — Tvoj roditelj S. K.

Kada je pročitao pismo, najpre smeje se, posle mu je opet žao, što je tako na lako pisao.

Sve spremi, pa će da se vraća.

No spomena radi, kupio sebi za sat zlatan lanac venecijanski, jer venecijanski filigran je u svetu najsavršeniji; pa onda japundže venecijaner sa jakama na katove, da može svakom kazati, da je to baš iz Venecije; pa onda karbonari, to je sad u modi. Naposletku kupio je lepih sitnarija i za dame, da im može servirati.

Tako spreman, krene se. Dugo je putovao, ali ipak srećno se vratio. Otac ga već željno iščekuje, čezne za njim, jedva čeka da ga vidi.

XV

Kad je Šamika otputovao, gospodar Sofra brojao je dane, mesece, iščekujući sina. Teško mu je dočekati ga.

Otišao je daleko u tuđu zemlju, Bog zna kakvo zlo može ga postići, mlad je, neiskusan, ali treba svet da proba.

Prođoše meseci, njega jošte nema. Pisao je dvaput, jedared iz Udina, drugi put iz Venecije. Ali sad ne zna šta je posle zadnjeg pisma, kada se kupao u moru.

Kada je gospodar Sofra pročitao pismo, koje je proučio, i doznao, da se Šamika baš onda u moru kupa, kada je pismo pisao, užasne se. Misli se, šta da čini. Ode Čamči na savetovanje. Baš kad je otišao, u njegovoj odsutnosti je Pera čekmedže obio. Dođe u kafanu kod Čamče, pismo u džepu nosi. Za jednim stolom sedi Krečar i sin mu, fiškal Aleksa. Piju kafu. Čamča služi goste. Gospodar Sofra sedne za taj sto. Pozdrave se.

— Čamčo, daj kafe.

Zapodenu razgovor običan.

— Kako si, Sofro?

— Nemoj me pitati, dobio sam pismo od Šamike, zlo je.

Vadi pismo iz džepa.

— Ta valjda nije umro?

— Evo čitaj — baci mu pismo.

Čamča čita.

— Pa šta je to, piše ti da se u moru kupa, pa šta je to?

— Podaj dalje pismo.

Čamča pruži fiškalu. Fiškal čita.

— Tu nema opasnosti, kupao se u moru.

— Ded, Jovo, i ti čitaj!

I Krečar čita.

— Tu nema opasnosti.

— No vi ste čudni ljudi, u moru se kupati! Ja sam čitao u Kenđelca *Jestestvosloviju* da Mesec vuče gore more, pa onda opet spušta ga, i to svakog meseca; pa ako se Šamika baš onda kupao u moru, kad su se valovi rodili, nije l' se mogao u moru udaviti?

— Ta valjda nije lud da se baš onda kupa.

— E, mladost ludost. Bog zna nije baš onda.

— A šta si ga onda poslao u Talijansku, kad se bojiš mora?

— Ti znaš šta smo se i na suvu napatili, a nekmoli na moru kad je bura.

— Ko se boji vrabaca, nek ne seje proju — veli Čamča.

— Al' ti si bar bio u Trijestu, Čamčo. Jesi l' se kadkod kupao u moru?

— Koliko puti, pa mi nije ništ' falilo.

— No, ja sam nesrećan otac, još i to dete da mi propadne u moru.

— Jesi l' ti samo njemu poslao novaca, nemaj brige.

— Onda nemaj brige, do dve nedelje je tu.

— Bog iz tebe govorio!

— A šta, tvoj Pera s konji trguje?

— Nemoj me o njemu ni pitati! Bekrija, pa bekrija!

— Pa sad gledaj, ženi Šamiku. Pa na kome će to tvoje dobro ostati? Ne vidiš da si već omatorio, a kuća ti već ostala kao pusta.

— Ta to sam i rad, da doživim svatove Šamikine.

— Pa nek i tvoj Šamika mnogo ne izbira, ima tu devojaka dosta, valjda je koja njega vredna.

— Ja njemu na volju ostavljam, nek uzme koju hoće.

Tako im u razgovoru vreme prođe, pa opet svaki svojoj kući.

Gospodar Sofra nema mira ni danju ni noću. Već su dve nedelje prošle, pa nikakva glasa. Još ako za nedelju dana ne dođe, onda će ga kurentirati. Jednog dana, baš u podne, gospodar Sofra sa Katicom ruča, o Peri se razgovaraju, kad čuju se neka kola u avliji. I to moraju strana kola biti, jer gospodar Sofra pozna svoja kola iz drugog sokaka kad idu. Misli se, pa ustane, da vidi. Tek što na vrata, a eto Šamike.

— Dobar dan, oče, evo me!

Ljubi oca u ruku. Otac ga grli, ljubi. Suza mu kanu. I Katica ga ljubi.

— ’De si sine moj, mišlja’ da si u moru propao. Što se kupaš u moru!

— Falio sam što sam tako pisao, ali fala Bogu kad se videsmo zdravi!

Radosti nema kraja.

Tu se sad sve unese. Šamika je gladan, pa sedne s njima za sto, i poruča.

Najpre mu Šamika ispriča, kako se u moru kupao bezopasno.

— Pa šta mi nisi pisao tako? Ja mišlja’, da si ti među morski valovi.

Sad izvadi iz sanduka što je nakupovao. Ocu je doneo jednu stivu lulu u talijanskoj formi. Katici lepe marame i haljine. Katica se udalji. Donesu kafu. Gospodar Sofra puni prvi put talijansku lulu.

— E sad, sine moj, da te pitam nešto drugo. Što si onde sve video, to ćeš mi drugi put prepovedati. Kaži mi nuz put jesi l’ kakvu devojku uočio?

— Nisam. Kako ću se u Talijanskoj ženiti?

— Al’ ovde bliže gdegod, uz put jesi l’ gledô?

— Umoren sam bio jako, al’ sad ću.

— Vidiš da je kuća pusta; Katica je kao duvna, na nju računati ne možemo, a Pera ne samo da je bekrija, nego i lopov. Nedavno mi probio čekmedže.

— Kako to?

— Baš kad sam pismo od tebe dobio, otišao sam Čamči na savet, baš onda.

— To je lopov, taj će na vešala doći! Pa je l' mnogo ukrao?

— Tako jedno dvadeset forinti, kaže šegrt. No neka ga đavo nosi. Drugo da se razgovaramo. Hoćeš li se ženiti?

— Hoću.

— Pa gledaj jedared.

Šamika mu se svečano obreče da će se oženiti.

Sad opet svaki svoj posao gleda. Šamika dođe u kafanu kod Čamče, pripoveda šta je video u Veneciji. Svi se dive. Kaže šta je jeo, sve što god Talijani, samo ne mačke, vrane i bumbare.

— Šta, zar i bumbare jedu? — pita ga Krečar.

— Salatu prave od nji' sa lukom i zejtinom.

Šamika je sad prvi čovek u varoši.

Posle tri nedelje spremi se opet na put — u Košicu. Obrekao je gradonačelnikovoj kćeri da će je uzeti. Otac mu dâ novaca, i otputuje. Kad u Košicu, a gradonačelnikova kći već se udala. Bavio se tu dve nedelje, pa se vrati. Sad poče bajati oko svojih varošanaka. I već jednu bi ulovio, ili bi ona njega ulovila, da se nije opet što dogodilo.

Kod Čamče je bal, i to noblbal. Mnogi sa strane dolaze. Doći će na bal i jedan kasapin iz sela Š. sa suprugom i divnom lepom ćerkom, jedinicom. Plava, visoka devojka. Taj kasapin, gospodar Polaček, vrlo je bogat, i stari poznanik gospodara Sofre. Poznaju se i pozdrave. Naravno da Šamika tu ne sme faliti.

Šamika obučen kao da je iz kutije iskočio. Na njemu fini frak i pantalone crne, maramica na vratu tako udešena, mašlije tako izrađene, kao što niko ne može, samo Šamika. Pa beo prsluk, pa šaputle, venecijanski sat oko vrata, pa njegovo elegantno držanje — svi na njega gledaju. Pa kad se angažira, s kakvom gracijom pravi korake do igračice, pa onaj lep naklon — pravi Seladon!

On zna potpuno etikeciju, zna da treba stranoj frajli prvenstvo dati. Prvi valcer igra sa frajlom Polačekovom. Dobra igračica. Onda igra sa drugima. Svako baca oko na Šamiku. Dođe polka; Šamika i to fino izređuje. Gospodar Sofra stoji između sale i kredenca, pa gleda kako mu sin igra; tako isto i gospodar Polaček gleda na svoju kćer, ali Šamiku meri.

— Al', gospodar Kirić, imate finog sina!

— Al' vi imate finu kćer!

Komplimenti se prave.

Šamika kadikad ide u jednu stražnju sobu; onde je na patosu kreda, pa štuceri đon ribaju, da u sali ne pokliznu.

Frajla Lujza, tako se zvala Polačekova kći, rado je igrala sa Šamikom; i Šamiki se frajla Lujza dopada. Izgleda kao bela golubica. Već pre ponoći razneo se glas po balu, da otac daje pokraj frajle Lujze pedest hiljada forinti. Kavaljeri sve je oblećú. Ali badava. Ona je uprla oči samo na Šamiku. Nastane odmor. Gospodar Sofra i Polaček sede zajedno, i to ozbiljno; osobito gospodaru Sofri nije do bala, veselja; on je došao samo zbog Šamike, da vidi na koju će oko baciti. Posle večere nudi gospodar Sofra Polačeka duvanom. Ovaj primi kesu i zahvali mu se.

Sad opet počne igranka. Poviču: „Kotiljon!" Šamika će komandirati, i to sa frajla-Lujzom. Divna igra. Kakve figure izvađa Šamika, sve veze, plete, svak mu se divi! Pa kad Šamika sedi sa još jednim *dos à dos* na stolici sa igračicom, tu sumnje nema da će Šamika izabran biti. Pa tek kad igra mazur, kad petom petu udara, a igračicu juri, titra se s njom, talasa se na levo i desno, pravi Adon! Nije ni čudo; učio je mazurku u Kašovi od ulanskog oficira, rođenog Poljaka, koji je u Košici fajerpiket komandirao, pa posle nadmetao se sa najboljim poljskim igračima u Lavovu. Šamika i Lujza već toliko se upoznaše, da ga je pozvala na posetu k njima u Š, na što Šamika i dâ reč. Tako prođe bal. Polaček oprosti se sa gospodarom Sofrom, a Šamika sa frajlom Lujzom. Pri rastanku Šamika, kao pravi galantom, poljubi je u ruku, a frajla Lujza, stisnuv mu ruku, zahvali se.

Svi se raziđu.

Sutradan posle ručka gospodar Sofra i Šamika razgovaraju se.

— No, otac, kako vam se dopada Polačekova kći?

— Krasna, zdrava devojka, i otac čestit; matere nema.

— Daje pokraj nje pedest hiljada.

— Šta mi je novac, ja devojku tražim!

— Nije zgoreg i novac!

— Pa je l' ti se dopada?

— Meni se dopada. Hoćete da je uzmem?

— Ne bi' bio protivan, al' samo ne dopada mi se jedno.

— Šta vam se ne dopada?

— Ta znaš sam, Švabica je!

— Pa vi ne biste hteli Švabicu?

— Ne zato što je Švabica po jeziku, već što nije našeg zakona.

Šamika se zarumeni, nadao se tome. Gospodar Sofra je neoboriv pravoslavljanin.

— Neću na dve fele da se u kući krsti.

— Može se i tome pomoći.

— Kako?

— Da pređe na našu veru.

— Onda je sasvim drugo.

Šamika lakše odane.

— Pozvala me, da ih posetim.

— Možeš kad 'oćeš; kola su uvek gotova.

I doista ići će tamo Šamika.

Posle nekoliko dana ode Šamika u posetu u Š. Veliko čisto selo; tu je i spahijski dvorac. Uđe u Polačekovu kuću.

Kuća prostrana, građe za marvu velike, štale, šupe. Pre nego što će dalje, vidi da je jaka kuća. Polaček baš iziđe sa sinom iz štale, pozna ga, odmah uputi se Šamiki.

— Dobro došli, gospodin fiškal! Drago mi je, izvolite unutra. Ovo je moj sin.

Uđu unutra; tu ga dočeka frajla Lujza i mlada gospođa Matilda, supruga mlađeg Polačeka. Frajla Lujza matere nije imala, gospodar Polaček je udovac.

Sad otac i sin preporuče se, pa odu. Započne se razgovor o balu, hvali kako je zadovoljna bila; gospođi Matildi je žao, što nije mogla doći, imala je glavobolju, no ako opet bude bal u U. onda će doći da malo poigra kotiljon sa fiškalom. Gospođa Matilda na ove zadnje reči nasmeši se, pogleda na frajla-Lujzu i Šamiku. Frajla Lujza se zarumeni. Ona je njoj već mnogo o Šamiki govorila. Iz očiju frajle Lujze vidi se, da joj je milo što je Šamika došao; poznalo se to već pri predstavci, pa sada razgovarajući se baca pogled na ogledalo, i namešta kosu. Vidi se, da bi se rada Šamiki dopasti, ili drži da mu se već dopala, počem je održao reč.

Gospođa Matilda iziđe napolje, da se ručak što bolje zgotovi. Donde će njih dvoje sami ostati. Razgovaraju se, dogovaraju se, gde i kako će se na balu sastati, ali s bojom još ne izlaze. Tek frajla Lujza kadikad lagano uzdahne, i taj uzdisaj, koji je inače dubok, hoće da zaguši, ali po prsima, i dugačko tempo poznaje se.

Dođe vreme ručku. Svi su tu. Ručak kao u jednog bogatog kasapina. Nema tu garnirane goveđine, niti kojekakvih *entremets*, ili *faisan à la Cambacères* — no goveđina prosta, kakvu samo kasapin iz debelog marvinčeta iseći može, pa kakva teletina, pa debeo ćuran, iako se sa lešnicima nije hranio. Pa vino bolje nego izmešan *cliquot*. Gospodar Polaček pita za gospodara Sofru zašto nije i on došao. Šamika ga izvinjava. Posle se razgovaraju o ekonomiji, i svršetkom tog razgovora ode na posao sa sinom, a gosta ženskima preporuči.

Frajla Lujza ostavi ga sa dozvolom na jedno magnovanje sa gospođom Matildom, pa ode u drugu sobu. Čuje se glas gitara. Šamika sluša, čuje akorde i neke introdukcije, pozna odmah da bolje svira od frajle Lujze, premda i ona ne svira baš tako rđavo, ali Šamika je na gitaru majstor. Frajla Lujza dođe sa gitarom.

— Herr von Kirić, vi svirate gitar?

— Žao mi je, al' ne sviram — a ovamo smeši se.

— Ta vi svirate, smejete se!

— Ne znam; ja bih vas molio. Nešto znam ali slabo, no posle vas ću i ja pokušati.

Gospođa Matilda je ganja da svira.

— Sviraj, Lujza. Posle će gospodin fiškal svirati.

Nakani se frajla Lujza, i počne pevati sa pratnjom pesmu *Mein Herz ist Horst der Liebe*. Kad je otpevala pruži gitar Šamiki. Šamika udešava, pa započe. Uz sviranje otpeva i pesmu *Wie stark pocht mein Herz*. Doveo je u udivlenije obadve.

Frajla Lujza nagla se na ruku, zamišljena je, ništa ne govori. Njeno ćutanje govori. Posejao je pesmu u srce. Pa nije ni čudo, Šamika je već u Košici sviranje dobro proučio, a u Veneciji do savršenstva doterao. Pa ono njegovo talijansko tremolo. Šamika vidi da je frajla Lujza zamišljena, pa da joj nežnost tu zabašuri, da se ne postidi, opet drugo svira. Svirao je jedan marš, ali sa takvom tačnošću, takvom energijom, da bi pomislio to je kakav kvartet.

Tako je još dalje svirao, dok mu padne na pamet, da treba odlaziti. Prva poseta ne sme biti dugačka. Gleda da završi, no frajla Lujza ga zapita:

— Kad bude ovde bal, hoćete doći, Herr von Kirić?

— Biću srećan.

— Istina neće biti tako nobl kao kod vas, ali ko je s kim zadovoljan, taj se i ovde može dobro provesti.

— To i ja mislim.

— Dakle, doći ćete?

— Ako dobijem biletu — smeši se kao bajagi.

— Nemajte brige; poslaćemo.

Još se donekle razgovaraju. Šamika izvini se da mora ići. Gospođa Matilda ide zvati oba Polačeka; ovi dođu tako kao iz posla i srdačno oproste se, moleći ga i drugi put na posetu. Oprosti se, sedne na kola i vrati se.

Ocu posle pripoveda, kako je kod Polačeka lepo primljen bio, i opet pozvan, kako mu je žao što otac nije došao, i pozdravili su ga svi.

— Šta ću ja onde, kad ti ideš da gledaš devojku. Mislili bi odma' da smo došli prositi devojku; to je tvoj posao, a ja ako ću k njima, ja ću u kakvom poslu bez tebe Polačeku.

— Dobro, otac, razgovaraćemo se o tom drugi put.

XVI

Mesojeđe su, svud se balovi drže.

Dođe kasapski momak i donese dve bilete, jednu za gospodara Sofru, a drugu za Šamiku. To su Polačekovi poslali. Do tri dana je bal u Š. Šamika zadrži kalfu na ručak, a posle ručka otpusti ga sa pozdravom na Polačekove i sa zahvalnošću i obeća im da će doći.

Kada je Šamika iz Š. otišao, dogovarali se u kući Polačekovoj o Šamiki. Svakom se dopada, i ocu i sinu, i gospođi Matildi i frajla-Lujzi. Gospođa Matilda ne može da se nahvali fiškala. Što gospođa Matilda govori, to frajla Lujza oseća, još više. Izgleda joj Šamika među nezgrapnim kalfama kao ruzmarina krin. Nije ni čudo, onaj njegov stvor, ta lepa nošnja, taj njegov plemenit hod, taj *attitude*, sve to joj se užlebilo u srce.

Sutra je bal, treba se spremiti.

Šamika se s ocem dogovara.

— Otac, hoćemo li sutra na bal?

— Idi ti sam, šta ću ja onde?

— To bi uvreda bila za starog Polačeka, držaće da vi poziv prezirete, kada ste bili ovde na balu, nema razloga i onamo da ne odete, i to sa mnom.

Gospodar Sofra prelomio se; bar će izbliže poznati kuću Polačekovu. Gotov je.

Sutradan pred veče dođu u Š. i odsednu u birtiji kod „Belog konja". Tako se ta birtija zvala. U selu Š. lep spahijski dvorac, ali spahija ne sedi u selu. Spahija je grof, obično sedi u Beču. U dvorcu sede njegovi činovnici, beamteri, i to, kasnar Šeps, išpan Krauz, nadšumar Gajzinger. Bogat spahiluk, imućni činovnici. Sala je obična birtija gde se pije i težaci nedeljom igraju; sad za bal udešena. Mala sala. Patos lepo oriban, duvar okrečen, ukrašen zelenim grančicama, zimzelenom; četiri ogledala, nejednaka, jedno veće, drugo manje, kako je od koga uzajmljeno, od kasnara, nadšumara, ili nataroša, pa onda crvenim vaperom ukrašena. U ćošku je jedna mala tribina, penje se na malim lestvama. Tu je već i banda, ili orkestar. Jedne hegede, po nuždi i prim i kontra, jedan „flüglhorn", jedan „piccolo", jedna bastrompeta, i za kompletiranje jedna zviždaljka. Četiri čoveka i pet instrumenata.

Počinje se u sedam sati; tako je bar na bileti zakazano. Već udarilo sedam sata, počnu svirati polonesmarš. Šamika čuje muziku, već je obučen, ali neće pre osam na bal. Soba im je u avliji, sve se čuje. Već je osam sata, bal se još ne počinje. Ima u drugoj sobi još nekih sa strane, i tu čekaju da se započne, pre neće. Frajla Lujza već je čula da je Šamika tu, čula je od šegrta, kog je poslala da vidi, jesu li tu. Žao joj je, što nisu odmah kod njih odseli; kalfa je zaboravio to javiti, premda mu je bilo kazano.

Već pola devet, nema nikoga. Gospođe i frajle već su obučene u sedam sati, pa se još ne miču. Gospođa kasnarica Šepsovica sa svojom ćerkom gotova, tako isto Krauzovica i Gajzingerovica sa kćerima, pa šalju slugu kod „Belog konja", da vidi je li već onde nataroška, sa ćerkom i učiteljka. Gospođa Kriblerka i gospođa Hauerka opet takođe su gotove, pa šalju da vide jesu li onde kasnarica, nadšumarica i išpanica. Neće nijedna da je prva, jer inače bi se rang smanjio. Šamika gleda kroz prozor u salu; nema još hotvolea, tu je samo knez s nekoliko odbornika, i njihove kćeri, ali oni neće početi, dok kasnarica ne dođe; inače biće uvreda.

Šamiki je dugo čekati, dogovori se sa ocem, dâ brzo upregnuti u njegove lepe saonice, pa idu u vizitu kod Polačeka. Frajla Lujza nije se zbog kasnarice zatezala, no čekala je da pre nje dođe na bal Šamika, pa makar posle kasnarica i ne došla.

Stupe u kuću, pozdrave se. Sve je u pripravnosti, sve spremno. Frajla Lujza u roza haljinama, a gospođa Matilda u malo ugasitijim. Stariji i mlađi Polaček u špencerima sa srebrnim dugmetima. Gospodar Sofra od kadife čakšire i jankl sa srebrnim pucetima, čizme bez mamuza. Nije mu više do mamuza. Šamika kao iz kutije, da bi mogao na grofovski bal doći.

Sad neće više čekati, posedaju na dvoje saonice, pa upravo „Belom konju" na bal. Uđu u salu; niko još ne igra. Polaček mlađi zapovedi da sviraju. Tu su već i kasapski momci u špencerima sa srebrnim pucetima; zdravi, lepi ljudi. Sviraju polonesmarš, Šamika uzme ispod ruke frajla-Lujzu, mladi Polaček gospođu Matildu, jedan kalfa kneževu kćer, drugi opet drugu, i tako dalje, pa se šeću. Prestanu. Šamika po sali razgleda, pa tek ironično uzdahnu, nije nikad u svom veku na takvom balu bio. Sviraju lendler. Šamika inače nikad ne igra lendler, ali sad mora. Svi igraju. Čuju to Šepsovica, Krauzovica i Gajzingerka, pa čuju da jedan elegantan gavaler igra sa frajla-Lujzom. Brzo sednu na saonice pa na bal. Kad uđu unutra, razgledaju, da li ko na njih gleda, klanjaju se, klanja se i Šamika, i frajla Lujza, i gospođa Matilda, ali na licu im se vidi ironičan zasecaj. Kad to čuju gospođe Kriblerka i Hauerka pohite i one, i već tu su. Gospođa Kriblerka i Hauerka pobedu su održale.

Frajla Lujza zamoli brata da dâ valcer svirati. Brat odmah zapovedi. Tu nema reda, kad će se šta igrati, nego svaki za sebe što voli zapovedi. Sviraju valcer. Sad opet igraju, i stranci su već tu. Kad vide kakvom gracijom Šamika sa Lujzom igra, kakva je elegancija na Šamiki, stane im mozak, sve zavide Lujzi, i željno iščekuju da i s njima igra. Čuli su već za Šamiku čiji je sin. Šamika, kao galantom, sa svakom igra, a one u milini tope se. Bacaju na njega primamljive poglede, oči im mole da se smiluje na njih, u igri lagano ruku stiskavaju. Sve badava; on je već dušom Lujzin.

Sve se jedno te jedno igra. O odmoru opet sedi gospodar Sofra do Polačeka, i to u čelu, jer je Polačekov gost. Dozovu i bandu; tu Polaček pije u zdravlje gospodara Sofre, pa dâ udariti tuš, gospodar Sofra opet u zdravlje gospodara Polačeka. Posle večere banda opet omladini svira. Polaček i gospodar Sofra još zajedno u kredencu sede. Sad izvadi Polaček duvankesu, i ponudi gospodara Sofru, sa pravim verpeletskim duvanom. Gospodar Sofra napuni svoju veliku, srebrom okovanu stivu lulu, zapali, puši, i hvali duvan. Njih dvojica se o svojim kućevnim stvarima razgovaraju. U sali se uveliko igra, sve sam lendler.

Dolaze i oni koji pre ponoći nisu bili, imućnije gazde sa porodicom, koji u čakširama i špencerima od zelenog manšestra, koji od crnog *satinglo*. U svakog brkovi obrijani.

Sad i mladi i stari igraju, i sam knez. Muzika od lendlera ide notom po pesmi *Ich hab' mein Schimmel verkauft*. Mlade Švabice, koje imaju malu decu donesu ih u rukama, pa kad koju pozovu da igra, ona uklopi dete u ruke prvoj do nje koja ne igra, pa onda okreće se. Momcima i starijim sve puca manšester, kad desnom šakom koleno desno udari, pa okreće se. Dođe do vrata i Polaček sa gospodarom Sofrom, pa gledaju; zanimljivo je. Hotvole je sad prestao igrati. Zasednu, pa primedbe prave o igri, pa ispod marame na ustima tiho cerekaju se. Gdekoji se u igri premetnu, i to je zanimljivo. Šamika pripoveda kako je u Veneciji igrao. Oko tri sata neka žurba, neki se pripravljaju kući.

Još odsviraju jedan valcer, sad igra sav hotvole, pa se počnu razilaziti. Da ne bi opet pre njih otišle notaroška i učiteljka, brzo daju doneti sebi gornje haljine, pa brzo napolje, Šepsovica, Krauzovica, i Gajzingerka. Badava se žure Kriblerka i Hauerka; zadocnile se. U odlasku one tri su pobedu održale. Jedne u početku, druge na kraju, opet je ravnoteža u rangu održana.

No baš zato se ne žuri Polačekovima. Oni ostaju. Ostali su i ostali: muška gospoda, kasnar, išpan, nadšumar, notaroš i učitelj, pa se izmešali sa Polačekovima i Kirićima u kredencu, i ostaše do zore.

Balu je kraj, samo su nekoliko pari u manšestru još zaostali. Svi se raziđoše.

Polačekovi nude Šamiku i oca da s njima idu, ovi se zahvaljuju, i obriču se da će ih docnije posetiti. Pozovu ih na ručak u jedan sat posle podne; na to se obreku. Legnu spavati. U jedanaest sata se probude, obuku se, pa u pola jedan na saonicama odu Polačekovima. Budu lepo primljeni. Šamika je među ženskima, a gospodar Sofra sa starim Polačekom razgleda štale i staje, gleda, meri marvu kako je lepa, i hvali red u kući Polačekovoj. Gospodaru Polačeku to gove. Već je vreme ručku; idu unutra. Tu opet veselo poručaju. Svaki svoje primedbe o balu čini.

Posle ručka mlađi odu u paradnu sobu, i najpre se razgovaraju.

— Je l'te Herr von Kirić, naš bal je lepši od vašeg — nasmeši se, a gospođa Matilda grohotom se smeje.

— Zašto? Bilo je vrlo zanimljivo. Takvo što nisam nikad video; ne kajem se što sam bio na tom balu.

— Hoće l' kod vas biti još kakav bal?

— Naravno.

— Hoćete l' nas pozvati?

— Možete l' posumnjati?!

Sad frajla Lujza donese gitar, pa u ruke Šamiki. Šamika svira i peva. Tako se poduže zabavljahu. Kad Šamika pogleda na sat, zna da će ga otac skoro odazvati, pa nešto vadi iz džepa.

— Ako se neću zameriti, da primite ovo od mene u spomen noćašnjeg bala.

To su bile oboce (minđuše) iz Venecije, od kose pletene, i zlatom iscifrane, dva para. Tako isto i dva para takva prstena.

— To je venecijanski filigran.

Jedno učtivo pruži frajla-Lujzi, a drugo gospođi Matildi. Prime i zahvale se, gledaju taj fini posao, hvale ga. Otac, gospodar Sofra, već je ustao i zove Šamiku kući, da se ne zadocne. Lepo se oproste, pa onda na saonice. Šamika poljubi u ruku obe dame. Kad je gospodar Sofra bundu na leđa hteo baciti, frajla Lujza mu pomaže.

— Zbogom, zbogom.

Kad su kući došli, posle večere opet se razgovaraju.

— No, kako vam se dopada taj bal?

— Dobro, nije mi bilo do smejanja, ali morao sam; i Polaček je udovac, pa i on se morao smejati.

— A kako vam se dopada Polačekova obitelj?

— Dobro, sve bi dobro bilo, samo ono jedno da nije, što sam ti jedared kazao.

— Daće se sve to izgladiti.

— Teško.

— Videćemo.

— A jesi l' joj tom prilikom što o tome govorio?

— Nisam, nije bilo ni mesta ni prilike.

— Al' ja bi' rad da sam načisto što pre, pa ako ne bude ništa, da ne gubimo vreme.

— Samo malo još strpljenja, dok fašange prođu. Zar ne moram se baš u fašange ženiti kao kakav kalfa?

— Doduše može se i posle Uskrsa.

— Kako fašange prođu, odma' ću korak učiniti; sad malo nek još kroz balove prohujamo. Kod Čamče će sigurno biti još koji bal, pa ćemo ih opet mi u goste pozvati.

— E, sad ti, sinko, gledaj tvoj posao, čitaj, piši, šta znaš, ja opet moram svoje nadgledati, što je i tvoje, jer vidiš da pomoći od nikud nemam. Katica, ćutalica, zavukla se u svoje sobe, a Lenka, o njoj neću ni da govorim.

Lenka, senatorovica, nije ocu dolazila. Pokraj njenog supruga digla je bila proces protiv oca, zbog nasledstva, zbog materinstva. Senator je dokazivao da je sav imetak tecivo, pa materinstvo treba naravno da se među decom deli.

Gospodar Sofra se izravnao, ali s njima više ne govori.

XVII

Šamika ide Čamči u kafanu.

Uđe u kafanu. Već je posle ručka.

— Na zdravlje, gospodin fiškal! — pozdravi ga Čamča, i s poštovanjem pozlaćenu kapicu skine.

— Jednu kafu, crnu.

Čamča mu donese kafu.

— Sedite malko. Hoćete li dati još koji bal?

— Još dva.

— Noblbal?

— Ne, prvo purgerbal.

— A zašto ne noblbal?

— Već je bio jedan nobl, sad ide purgerbal. Znate zašto? Od noblbala nemam nikakove hasne. Tu se slabo pije, a od lemonade i punša, i poslastice nema hasne, nego od purgerbala. I na prvom sam štetovao, mlogo sam prepravio, pa nije prošlo.

— A od purgerbala imate više hasne?

— Taj puni džep. Kad se purgeri rašćepure, ti troše; onda je moj džep pun; pa nisu izbirači. Lane sam jednog lisa za paprikaš skuvao, i to su pojeli. Naravno znam kome ću i kad dati.

Šamika se smeje.

— Al' tek meni nećete lisa dati?

— Biće zecova i prasica.

— Pa hoće l' biti veselo?

— Veselije neg' na noblbalu.

— Kako to?

— Do ponoći pravi bal, a od ponoći do jednog sata maskenbal.

— To mora lepo biti.

— Videćete; bolje ćete se provesti neg' na prvom, i to maska samo kao što kažem do jednog sata, posle opet pravi bal.

— To sam baš ljubopitan videti.

— Pa banda ta ista, naša banda.

Čamču zovu gosti, ištu karte. Sad već Šamika sve zna. Popije, plati i udalji se.

— Doći ću — izlazeći reče.

Koji dan, Čamča razašilje bilete za purgerski bal. Šamika kupi šest bileta. Četvrti dan je purgerbal. Šamika sedne na saonice, ponese bilete pa upravo odveze se u Š. Frajla-Lujzi od radosti srce igra.

— Ja sam tako slobodan opet moje podvorenje učiniti. Do tri dana je opet bal — izvadi bilete i preda.

— Kakav će to biti bal?

— Purgerbal. Biće ta ista muzika, što i pre, samo što će još više purgera, zanatlija, biti. A od ponoći do jednog sata maskenbal, posle opet igranka.

— To ne mora rđavo biti. Hoćete li i vi u maske ići, Herr von Kirić?

— No to mi još ne pada na um, mi ćemo gledati, pa smejati se.

Šamika se već mogao poverljivo sa frajlom Lujzom razgovarati, pa zato je upotrebio tako slobodan otvoren izraz, i frajla mu to ne zamera, koliko iskrenije toliko bolje.

— Samo ću vas još i to moliti, da što prostije se obučete, da ne kažu: „Gle, kakav je to luksus!" I ja neću obući frak, neg' drugo što, al' zato ćemo se dobro provesti.

Na to uđe gospođa Matilda, pozdravi se, i njoj to isto govori. Raduju se. Frajla Lujza ne bi branila ma da opet kod „Belog konja", samo da sa Šamikom igra. Pred ručak dođe i stari i mladi Polaček; Šamika se predstavi, i posle običnog pozdrava kaže mu zašto je došao i bilete uruči. Ujedno i njemu izređa kakav će to bal biti, što Polačekovi ugodno prime, kao i to da budu njegovi gosti.

Već je i ručak gotov. Poručaju, Šamika se još malo zabavi, pa se preporuči i kući vrati. Polačekovi doći će na bal. Stari Polaček veli, da mu je ugodniji purgerbal negoli noblbal.

Tu je i dan bala. Šamika se ne pripravlja; može ići onako kao što je sad obučen. Pred veče Šamika iščekuje, kad eto na dvojima saonica Polačekovi u avliju. Sluga ponese prtljag, a Šamika ih prati u paradnu sobu. Presvuku se. Šamika izjavljuje im radost što su došli, pa poziva sestru Katicu da je predstavi. Dođe Katica. Sva u crnini; ono lepo belo lice u protivnosti sa crnom haljinom još lepšim se pokazuje. Predstave se i pozdrave. Katica je bila vaspitana devojka, smirenog, ali elegantnog ponašanja. Vide pred sobom već stariju devojku, ali još čudo lepu. Gospođa Matilda ne može da se uzdrži, pita je za kim nosi crninu.

— Izvinite me, bólja mi ne dopušta iskazati, moj brat će vam sve ispričati.

A Katici se Lujza dopadne, to nevino, umiljato lice. Sednu i neko vreme zanimaju se, pa onda Katica izvini se, da mora se udaljiti, a zazvoni za služavku, koja će ih poslužiti. Pokraj naklona udalji se. Sad se sve sprema; muškarci sednu za kratku večeru, a ženske se oblače. Gospodar Sofra i Polačekovi lepo su se pozdravili. Posle kratke večere, svi se spreme. Polačekovi su tako isto obučeni kao i kod „Belog konja", a Šamika navukao je crne pantalone, crn kratak gerok od fine kadife, rukavice što je već tri dana nosio. Ništa neobično, kaogod u svaki dan što se nosi. Samo se za jedno pobrinuo. Onaj isti dan dao je iz Pešte doneti dva lepa puketa, od svežeg cveća, jedan za frajlu Lujzu, drugi za gospođu Matildu. Katica neće ići na bal. Već osam godina kako ne ide. Šamika im nuz put nakratko spomenuo zašto je u crnini. Obe je sažaljuju.

Na saonicama dođu na bal. Ovde već sve igra uveliko. Purgerbal. Tu je većina čestitih majstora, malih trgovaca, nekoliko fiškala i fiškalica, i nešto od suda; pomešano društvo. Ima ih nekoliko u fraku, nekoliko u atilama, a ostalo u kratkim i dugačkim kaputima; to kod muških. Ženske, matere i kćeri, u dosta skromnom odelu, sve lak espap. Samo kod gdekoje trgovkinje ponešto đerdana. I tu ima kvadropa — *garde de robe*. Šamika kod svojih dama sve to u red stavi, pa unutra, da vidi taj „purgerski bal". Kad su ušli, sve na njih gleda. Šamika pregleda publiku, pa kako se gošće na stolicama stáne, on odmah uzme Lujzu, pa igra. Baš su valcer svirali. Šamika, kao obično, elegantno igra. Posle opet igra sa gospođom Matildom. Mlađi Polaček, jak kasapin, igra kao besan.

Donde pak gospodar Sofra i stariji Polaček otišli su u „ekstra" sobu, pa igraju marijaša. Polaček bi igrao na veće što, ali gospodar Sofra neće.

Dame, frajle, zavidljive poglede bacaju na Lujzu, a na Šamiku sažaljive. Tek što im oči ne govore: šta tražiš po tuđim stranama, zar mi nismo dostojne?

No ko je još ovde? Jedan suv, visok čovek, lepih obraza, suvonjav, brkovi marcijalni, u špenceru sa srebrnim pucetima, čizme s mamuzama, igra kao besan sa jednom dobrom igračicom. Kad god igrati počne Šamika, a on s tom igračicom juri za njim, hoće na petu da mu stane. Ne zna se koji je bolji igrač od njih dvojice. To je Pera Kirić, brat Šamikin. Šamika, kako se samo može, uklanja mu se. Pera na njega mrko gleda; kad ga gleda gladi junačke brkove.

U sredini sale stoje igrači, te mere igračice. Svakojaki, u kaputu i fraku, u čizmama i cipelama. Gdekoji igrač uzme na oči kakovu, pođe korak-dva, pa opet natrag; ne usuđuje se, slab je igrač. Drugi opet gotovo trči, da se angažuje. To je jedan trgovački kalfa. Ali jednim skokom prevario ga jedan kasapski kalfa, pa mu igračicu preoteo. Tu je i Nestor Profit, sa gospođom. Ugledna gospođa, i dobra igračica. On će najpre sa svojom gospođom probe radi, jer je rđav igrač. Započne. Igra se valcer. Zaklati se, ona lepo cifra, ali mora ga vući; sad nasrće na nju, sad se od nje otkida, sad gurne druge igrače, sad udari u centrum. Na igrače staje, na sve strane trlja, gura; guraju se; igra kao na bilijaru i odbija se kao mandanelu-mantineli — pa tako odskače.

Tako se igra do ponoći. Naposletku igraju kolo. Sad na odmor. Večeraju. Tu je na skupu porodica Polačekova, tu je gospodar Sofra sa Šamikom. U čelu stari Polaček kao gost, a do njega gospodar Sofra, pa redom. Muzika svira, nazdravlja se, napija se; tuš jedan za drugim bez prestanka.

Pri koncu večere čuje se vika: „Maske, maske". Svi kuljaju u salu. Eto masaka! Napred ide jedan odžačar sa metlom, i čisti kapute. Drugi opet obučen kao lopov, sa nadžakom i pištoljem, treći kao prosjak, prosi krajcaru. Sofra mu talir podaruje. Opet ženske maske, jedna kao babica, nosi ufačlovano dete; druga opet kao pastirka obučena, i tako sve jedno za drugim ide. Ta pastirka ide upravo frajla-Lujzi, pa joj preporučuje, da ne polazi za najboljeg igrača — Šamiku. To je preobučeno muško. Babica opet donesi dete frajla-Lujzi, i čestita joj. Lopov opet preti sa nadžakom Šamiki. Opet dođe kartara pa pokazuje karte Šimiki i Lujzi. Tako svaka maska našla je sebi svoga s kim će se titrati.

To je tako čitav sat trajalo, kad najedared svi beže u kredenc; nešto strašno dolazi, sve zvekeće na njemu. Sala od straha gotovo prazna. Kad, ali kroz velika vrata ulazi delija jašući na magarcu. Već je nasred sale. Magarac pun praporaca na šabraku, jahač u triko čakširama belim, na glavi crvena zašpicena kapa sa praporcem, pa delija svima se klanja. Magarac triput rikne kao dobrodošlicu.

Sad opet svi u salu, počnu svirati, a magarac počne se ritati, zbuni se od gungule, pa upravo juriša u kredenc, odande opet u avliju. Svi se smeju i tim je maskenbalu kraj.

Posle ispitivaju ko je šta bio. Doznalo se, da je prosjak Krečar; nije ga bilo na balu; Pastirka — Perina igračica; lopov — Pera; babica — gospođa Čamčinica; a delija na magarcu — sam Čamča. Čamča je svoju ulogu dobro igrao. Triko i ostalo što je bilo na njemu ostavio mu u zalogu jedan komedijaš od malog cirkusa, koji je u Čamčinoj bašti produkcije pravio, pa je ostao dužan.

Sad tek svi pokuljaju u kredenc. Čamča je već opet preobučen, tako i Krečar. Sad ih zaokupe, nazdravljaju; vici, pevanju nema kraja. Purgerija sad se tek raširi. Troši se nemilice. Čamča i Krečar moraju da sednu do Polačeka i do gospodara Sofre. Krečar sedne do gospodara Sofre.

— A šta je tebi Krečaru? Tako mator, pa da ideš u maske?

— Čamča me natentao, tebe radi, da te malo razveselimo. Ta znaš da smo se u životu dosta napatili, znaš za naš krakovski put? Pa zar žalost do groba da traje? Pravo ima Čamča, kad kaže da život ne traje hiljadu godina.

— Al’ smo već ostarili.

— Da ne idemo neveseli u grob.

Krečar nije takav bio, kao što se pokazivao na krakovskom putu, takva ćutalica. Onde ga strah ugušio; on je veseljak, mada je omatorio.

Sad Krečar, gospodar Sofra, i Polaček stariji idu da se kartaju u „ekstra” sobu, onako na sitno. No nije dugo trajalo opet se vrate, da vide šta deca rade. U sali igra se kotiljon. Predvodi Šamika. Igra kotiljon i Pera, dobar igrač. Dođe Pera sa još jednim na stolice na izbor. Njega izbere gospođa Matilda. Sad opet sedi Pera sam, a frajla Lujza sa još jednom. Pera izabere Lujzu, i izokreće je užasno. Šamika ga samo gleda, pa gladi brkove.

— Možeš gledati koliko hoćeš, ne bojim se, ma da si sto škola učio — promrmlja Pera.

Kraj kotiljonu. Kotiljon preobrazi se u polku. Tu se opet jure Pera i mlađi Polaček, sad jedan sad drugi stiže, i tek što jedan drugom na petu ne skoči. Sad će biti mađarski solo i čardaš.

Tu je Pera remek načinio, nema mu para. Igra kao Kiniži, knez Pavao, kad je posle bitke igrao u zubima držeći tri mrtva Turčina. I dolikuje mu. Otac ga gleda sa sažaljenjem, i ne može ga dugo gledati, već se okrene, pa opet u kredenc.

Publika viče: „Bravo Pera Kirić!" Tu je bio Pera prvi junak.

Naposletku odigra se još obligatna igra jastučići — tu se purgeri i purgerke po volji iscmakaju, i — kraj balu. Razilaze se. U sali sveće se gase, i u sredi veliki polilej. Svi su zadovoljni, a najzadovoljniji Čamča, jer je doista džepove napunio. Gospodar Sofra sa Polačekovima opet na saonicama vrati se kući, i odmah svi polegaju. Oko podne opet svi ustanu, i još pre ručka Lujza i gospođa Matilda prave fizitu Katici. Ona ih lepo primi, i ne pita ih što o balu, i kad one što o tom zapodenu, ona ćuti. Vreme je ručku. Svi se opet kod trpeze sastanu. Razgovaraju se o balu, o maskama. Polačeku je Čamča bio smešan, ali da gospodara Sofru razveseli, Čamča sve će učiniti. Od detinjstva dobro žive, i docnije se vrlo pazili, i kad je gospodar Sofra tabakluk ostavio i postao trgovac, nisu bili protivnici, no štaviše išli su jedno drugom na ruku. Kad je bio Šamika šest godina star, Čamča je imao malu ćerku od četiri godine, pa već onda dogovorili se da Šamika, kad doraste, uzme njegovu kćer, da se oprijatelje. No smrt učini kraj, devojče umre. Tako Šamiku već su u detinjstvu ženili.

Šamika pripoveda o tom balu kao o kakvoj komediji, i sve bi dobro bilo, veli, samo da nije tog „lopova" Peru video. Dalje veli, da su mu te lopovske haljine u maski i sličile. Dođe posle ručka i Krečar, pa se dalje razgovaraju. Najpre naravno gospodar Sofra predstavi

Krečara Polačekovima, no Polaček ga već poznaje i bez toga, imao već s njim posla.

— Nego znaš, Sofro, kakvu je komediju opet izredio Čamča?

— Kakvu komediju?

— Kad su se maske svukle, iskali su jesti: jedan ište zeca, drugi prasetine. Prasetine ladne je još bilo, ali on nema zeca; moli ih da počekaju jedan sat; ovi čekaju, piju i jedu donde prasetine. Društvo je bilo već malo nakresano, ali on uhvati svog belog mačka, bio je dosta debeo, ispeče ga Sara, i tako maskaši pojedu ga, i ne znajući šta jedu.

Smeju se.

— Vraški Čamča, nismo li i mi pojeli mačka?

— To ne, ima već on svoje ljude, koji mu neće jako zameriti baš ako i saznaju; to su njegovi svakidašnji, znaš Jova opančar i Mitar abadžija, i takovi purgeri. Nego da će ga ipak nasaditi kad saznaju, to stoji; a saznaće, jer Čamča ne zna ništa zatajiti.

Tek što izusti, ali eto Čamče.

— Na zdravlje ručak! Došao sam da vam se zahvalim, što ste mi noćas čast dali — klanja se, rukuje se sa Polačekovima, pa i sa Kirićima.

— Kako je ispao profit? — pita Krečar.

— Vrlo dobro, bolje nego na noblbalu. Vi ste mi jako pripomogli.

— Kako? — zapita gospodar Sofra.

— Kazaću vam. Da su bili sami manji purgeri, ne bi tako ispalo; jeli bi, pili bi obično piće, pa kraj. Al’ kad videše vas masnije, kako vi trošite, kad videše kako ova gospoda i gospodin fiškal donose auspruh i šampanjer, onda i oni se nadmeću, pa troše, pa to je hasna.

Smeju se.

— No znate šta sam došao još da vas molim?

— Šta?

— Da mi budete doveče gosti, na kiselu čorbu i ladno pečenje.

— Kud bi opet danas išli, zar sinoć nije bilo dosta?

— Učini mi, Sofro, po volji, nećeš se kajati, znaš da sam tvoj razbibriga, a s tim učinićeš mi veliko dobro.

— Kakvo dobro?

— Razglasiću da ćete i vi doći k meni na večeru, i na ruski tej, čaj, pa jučerašnji purgeri svi će doći, poješće sve što je ostalo, i što još spremim. Tu ću imati hasne, jer će se nadmetati.

— Hajd', Sofro, da pomognemo Čamči.

Gospodar Sofra misli se.

— Moli gospodara Polačeka, ako on pođe, onda ću i ja.

— Molim, gospodar Polaček, učinite mi tu ljubav.

— Ako gospodin Kirić hoće, onda ćemo i mi.

Gospodar Sofra pokloni se. Privoleo se.

— A u koliko sati?

— Opet u sedam.

— A mogu i ženske doći? — pita mladi Polaček.

— Dakako, banda će opet svirati.

Sve je u redu, kucaju se.

— Ali kaži mi, Čamčo, 'de nađe te pajacke haljine? — zapita gospodar Sofra.

— Znaš, letos je bilo kod mene komedijaško društvo, pa su imali rajteraj; direktor nije mi mogao sve isplatiti, pa je nešto ronđa ostavio u zalogi, pa od tih nešto sam na sebe bacio. Sad da znam 'de su, poslao bi' im; dug je već isplaćen.

Tako se donekle razgovaraju, pa Čamča preporuči se i ode. Pri polasku još reče: „Nećete se kajati".

Kad pred veče, jave ženskima kuda će. One su gotove. Mesojeđe su pa jedan dan može se propustiti. Neće se kod kuće večerati. Spreme se i odu Čamči; baš je sedam sata. Kad dođu, Čamča je za njih spremio u uglu jedan sto, odakle sve mogu videti, a ne mogu im dosađivati. Tu se smeste. Banda već svira. Skupljaju se purgeri. Ištu jesti, piti; sve se služi. Tu posle vidi čovek svakojakih figura, prava menažerija. Posle večere pije se kafa, pa opet vino. Čamča dođe k stolu gde je gospodar Sofra sa svojim gostima, i jasnim glasom rekne, gotovo viče: „Izvolite ruskog teja", da svi čuju.

— Hoćemo — rekne gospodar Sofra.

I Polaček hoće. Dame hoće punša, pa za njihovu ljubav i Šamika će punša. Čamča, kad je bio u Krakovi, doneo je rusko-kineskog teja, ali pravog, koji nije video mora, da mu more snagu izvuče, jer su ga suvim doneli. Donese i tej i punš. Kad Polačekove koštaju taj punš, dive se, a rum baš iz Jamajke.

— No, ja nisam u mome veku ovakvog teja pio, ovo je nešto osobito — reče mlađi Polaček.

— Ni ja — maše glavom stari Polaček, odobrava.

— Ja sam ga pio u Krakovi, pa i sad katkad kod Čamče. Zaista nema zamerke — reče gospodar Sofra.

Purgeri kad vide da se za stolom gospodara Sofre tej pije, i primetiv, kako mahanjem glave tej hvale, i oni poviču: „Dajte teja, čaja!" I purgeri hvale, kako je dobar tej. Vide šta drugi radi pa i oni odobravaju. Da je Polaček poslao bio tej natrag, da nije dobar, i purgeri bi to isto učinili. Ima u ljudskoj naravi nešto ukorenjeno, da jedan od drugoga misli, nauke prima. Društvo gospodara Sofre nije jelo zeca, pa ni Krečar, koji je tu s njima; boje se od mačka, no jeli su teletinu. Kad je Šamika iz rezona popio punš, hoće sad teja.

— Dajte, Čamčo, tog dobrog teja.

Maločas, a Čamča mu donese tej, pa će malko pričekati dok Šamika košta. Šamika pali šećer s rumom, pa košta. Baci kašiku na sto.

— Zar je ovo taj faljeni tej?

Zamoli mlađeg Polačeka da košta.

Polaček košta, smeši se.

— To nije taj tej.

— Gospodar-Čamčo, koštajte. Ovo je kamilntej.

Čamča se smeje.

Polaček stari i gospodar Sofra čude se, i oni koštaju, čude se.

— Gospodin fiškal, ne čudite se, taj tej je rodio u mojoj bašti, jest', kamilntej — šapće mu u uši.

— Pa što ste ga meni dali?

— Da vas uverim, kakvu mi hasnu danas činite. Vidite — šanu mu — ovi purgeri tek onda piju tej, kad su jako nakresani, pa im možete šta hoćete dati. Skuvam veliki lonac kamilnteja, pa im nalijem mlogo ruma da je jako, pa su oni zadovoljni, kao što vidite. Samo, molim, nemojte me izdati. Za vas će se odmah drugi doneti, no da ga ne nosim natrag, da purgeri ne primete, dopustite da ga ja ovde popijem.

Sedne do Šamike, Šamika mu doda šolju, i on ispije, bacanjem glave tvrdeći kako je dobar, da se purgeri ne sete. Uzrujani purgeri to ne primećavaju.

— Vidite, tako je i s kafom; mogu vode nasuti, mogu i mastilom pomešati posle ponoći, pa neće niko primetiti. Zato ja volem ovo neg' noblbal.

Čamča ode, svi se smeju. Ima tu i purgerskih gospođa i kćeri, sad će drugi bal da prave. Načine sebi mesta, pa igraju kolo. Svi gledaju.

— I to tako lepo igraju, da nobl gospoda mogu se sakriti sa njihovim valcerom, kad se okreću kao metiljave ovce — reče gospodar Sofra, koji je negda sam rado kolo igrao. Gospodar Sofra i Polaček ustanu pa ih gledaju, pa će im posle gospodar Sofra svima sve platiti što god popiju, da im dâ oštetu što ih je Čamča sa kamilnom nasadio.

I frajla-Lujzi se dopada igra, mada ne zna, opet bi igrala.

— Herr von Kirić, zar vi ne igrate kolo?

— Ah, to je „gumilasti", ja koji sam u Veneciji video igrati *ceritto*, da ja takovo što igram!

Šamika je imao dva svoja obična jaka izraza „gumilasti" i „kabinetsštik"; „gumilasti" kad što prezire, „kabinetsštik" kad mu se što dopada. „Kabinetsštik" sedi do njega, pa mu je kolo „gumilasti". Tako je raznežen Šamika; njegov otac, kad je mlad bio, sasvim je drukčiji bio.

Posle kola malo će se odmarati. Već je pred zoru, Polaček bi kući. Primeti to Čamča, pa zamoli, da se malo pretrpi; sad će on s jednom igrom završiti.

Ode u kujnu, dovede ženu, gospođu Saru. Banda i publika već zna šta će biti, prave mesta. Sad Čamča sa gospođom Sarom na sredu, pa počnu njih dvoje igrati minet. To je minet! Kakvo je to ljubazno izvijanje, kako Čamča Sari u igri laska, ona njegova interesantna figura, ono lepo lice, pravi Adonis! Svi se od srca smeju. Završe igru, a Čamča i Čamčinica načine kompliment kao obično komedijaši. To je baš par ljudi, taj Čamča i Čamčinica, baš kao dve kaplje jednake! Plate i raziđu se, gospodar Sofra i gosti; ostali će još do bela dana ostati, i malo da neće još Čamča na magarcu po sali jahati.

Dođu kući, ispavaju se. Pred podne ustanu, poručaju, gosti se zahvale i odu. Još je pri odlasku Šamika obrekao frajla-Lujzi, da će skoro u posetu doći.

XVIII

Čamča je dao još jedan, poslednji, noblbal, ali Polačekovi ne mogu doći, jer je starom nešto pozlilo. Neće ići ni Šamika. Nastao je post. Šamika ide u Š. Svake nedelje je po dvaput onde.

Stari Polaček vidi da se deca rado gledaju, pa se sa sinom dogovara, šta će biti od cele te stvari.

— Šta misliš, Pepi, misli li taj mladi fiškal Lujzu prositi?

— Ja bi' tako rekao.

— Pa ako zaprosi, šta ćemo činiti?

— Čestit je čovek, a i otac bogat.

— Pravo da ti kažem, ja bi' je voleo udati za takvog čoveka kao što smo mi; ne volem fiškale. Da Bog sačuva svakog od nji', daleko im lepa kuća!

— Al' Kirić samo titulu nosi kao fiškal, on ne radi. Čujem da će otac njemu sve ostaviti, a bogat je kao što znaš, ne znam nije li od nas pretežniji.

— Ima ekonomiju, pa se može onde naputiti, pravo kažeš; no nije katolik?

— To ništ' ne čini.

— To ti kažeš. Pitaj tvog strica, šta će on kazati.

Stric taj, brat starog Polačeka, u drugom selu je svećenik i bogat.

— Dalo bi se sve to izgladiti.

— Videćemo, samo ovako ne može dugo ostati; ako on korak ne učini ovog posta, staviću ja na njega pitanje šta misli, jer ne mogu dopustiti da se devojka uzalud na glas iznosi.

— Strpimo se malko.

Dogovoru je kraj: strpiće se malo. Šamika jednako dolazi; lepo ga primaju. Poslednjom prilikom izjavi Šamika Lujzi ljubav i nameru svoju da je rad zaprositi. Ona iz srca pristaje. Tom prilikom Šamika zamoliće od nje malo kose, da kad je vidi, uvek mu bude u spomenu. Lujza mu usrdno i to učini. Ode u drugu sobu, rasplete svoju lepu plavu kosu i najlepši komad iseče, i donese. Zavije u papirić i preda Šamiki; smeši se i zarumeni. Šamika otvori papir, gleda kosu, pa poljubi.

— Lepa zlatna kosa, kao zlato №3 — reče Šamika, pa opet zavije, i metne u levi džep, da mu je bliže srca.

Sad desnom rukom uhvati desnu ruku Lujze, ona sva rumena u zemlju gleda, a uzdisaj se čuje. Lepa je kao zvezda zornjača. Pokraj uzajamnog obećanja rastanu se. Šamika dođe kući. Poče razmišljati, kako će započeti kod Lujzinog oca. Kod Lujze je sve lako bilo, ali kako će kod oca? Kod kuće otac ga uvek opominje, da jedared stvar prelomi. Čekaće još dve nedelje, pa će onda učiniti odsudan korak.

***

Međutim Pera svoje tera. Zima je duga, konji nemaju šta da jedu, živad skapava. Hiljadu forinti je već potrošio, pravi dugove. Dužan je Nestoru Profitu. Daje mu doduše termine, ali opet ne može da plati. Profit treba svoj novac, pa oštrije ište; Pera se razljuti, pa ispsuje Profita. Profit ga dâ na sud, i Pera dobije u sudu, da mora Profitu platiti za četrnaest dana pedeset forinti, pod pretnjom ovrhe. Prođe i to, Pera ne može da plati.

Dođe u Perinu kuću egzekucija, i pleni mu najboljeg konja. Pera još ne plaća.

Ispiše se munta — licitacija — na zaplenjenog konja. Dođe dan munte, konj će se prodavati u tri sata posle podne. Pre podne ide dobošar, pa svud će bubnjati, da se prodaje zaplenjen konj Pere Kirića. Kad to ču Pera, a on sedne na drugog konja pa za dobošarem.

Dobošar dođe na pijacu, bubnjuje, pa viče: „Daje se svakom na znanje, da će se danas posle podne u tri sata prodavati na munti konj gospodara Pere Kirića; koji ima volju, neka kupi”. Pera na konju do dobošara, žene i deca oko njih, pa kad je dobošar svoje izvikao, onda opet Pera viče, dere se: „Nije istina, neće se prodavati, lopov magistrat, lopov Profit”. Žene i deca smeju se, pa idu za njima kao na komediju. Dobošar ide u drugi sokak, i Pera za njim na konju, pa kako dobošar izvikne, on opet to isto za njim, pa svugde tako.

U tri sata drži se munta, u Perinoj avliji. Tu su već koji će muntati, tu je Čamča. Gospodar Sofra ga je podmetnuo, dao mu novce da on kupi. Počnu muntati. „Ko da više.” Na Čamči ostane konj. Pera donde ćutao, a kad Čamča hoće da vodi konja, on opet počne sve grditi, i ne dâ konja voditi. Dođe pandurska patrola, Peru oteraju u rešt, a Čamča odvede konja.

Pera je morao izdržati kaznu od tri dana rešta, pa su ga pustili. Čamča je sa ocem u dogovoru. Vratiće konja Peri. Pošlje Peri konja, i dâ mu kazati, da mu vrati novac kad uzmogne. Ali za to Pera ostaje pri svome planu; proleće nije daleko, biće za konje i živad hrane.

Samo otac ostaje ožalošćen.

***

Prođu dve nedelje. Šamika pripravi se, i ide da pokuša sreću kod Polačekovih. Dođe u Š. Uđe unutra; baš je išao u sobu starog Polačeka, pre nego što će Lujzi. Ovo je svečana, zvanična poseta.

Na Šamiki skupoceno ruvo. Dolama, ćurdija, čakšire, čizme s mamuzama, samur-kalpak na glavi, sablja o bedrici. Dobro mu stoji. Baš je sam u sobi stari Polaček. Kucne, uđe.

— O, drago mi je, gospodine fiškale, izvol'te sesti.

— Gospodar Polaček, ja već od nekog doba dolazim u vašu kuću, i lepo sam primljen, evo me sad opet ovde i znate zašto sam došao?

— Ne znam — odgovori Polaček malo zbunjen.

— Ja sam došao, da prosim ruku frajla-Lujze. Ja vašu kuću jako poštujem.

Polaček malo misli se, pa onda proslovi:

— Oprostite gospodine, ja sam čovek majstor, nisam fiškal, ali ću vam onako od srca odgovoriti. Meni je milo. Ja poznajem vašeg oca i njegovu kuću, ja bi' vam drage volje dao moju kćer, vi ste fini gospodin, no samo jedno fali.

— Šta to može biti? — Šamika pobledi.

— Vi niste katolik, pa, znate, kako smo mi stari ljudi, mi hoćemo sa našom familijom da živimo i umremo u našoj veri.

— Pa vera tu ne smeta ništa, frajla Lujza zadržala bi svoju veru i kod nas.

— To vi kažete, a Bog zna kako vaš otac misli.

— Tako isto kao ja.

— Vidite, ja već da imam zeta druge vere u kući, ne bi' trpeo; da, dve vere u kući ne bi' trpeo.

— Al' moj otac će to trpeti, budite uvereni. Hoćete pristati na to, ako moj otac saizvoli?

— Moram se promisliti... za osam dana daću vam odgovor.

S tim bude kraj razgovoru.

Bila je zvanična poseta, otac ga sam uvede u sobu kod Lujze, posle toga zadržava ga na ručak, ali se Šamika izvini. Kaže da mora odmah kući, stvar je važna, mora se odmah sa ocem dogovoriti. On bi rad koju reč nasamo sa Lujzom, ali otac neće da se makne; vidi se, da je rad biti na oprezu.

Oprosti se i ode kući. Sastane se sa ocem, i počnu se dogovarati.

— Otac, ti si imao pravo.

— Jesam li ti kazao.

— Polaček je strašan katolik.

— Kao ja pravoslavan.

— Vrlo me učtivo primio, al' smeta mu vera.

— Valjda ne dâ, da kći na našu veru pređe?

— Ne dâ.

— A ja bi' to hteo.

— Od čega je opet to?

— To je red, jedna vera u kući!

— Hoćeš li pristati na to, da ona ne primi našu veru? Zato se opet možemo slagati.

— Iskreno ti kažem kao otac, nije mi milo, ali i to ću pregoreti. Vidi se valjana devojka, a i sva kuća Polačekova je uvek čestita bila; još sam mu oca poznavao. No videćeš, neće ni na to pristati.

— Videćemo, za osam dana će mi odgovoriti.

Kraj dogovoru.

Šamiki su tih osam dana osam godina; premeće se noću po krevetu, ne može da zaspi. Kod Polačekovih, opet, gospođa Matilda i mladi Polaček jako su zauzeti za Šamiku. Oni bi je dali kako Šamika hoće. Načuje to devojka, padne u veliku sumnju, obuzme je unapred tuga, moli brata i snaju, da joj priteku, jer otac će pitati strica, svećenika, pa zlo. I doista nije se prevarila. Otac drugi dan odmah ode bratu svećeniku na savet. Svećenik, kako to čuje, odmah mu odrešito odgovori, da to nipošto ne čini, ako je njegov brat. No, budući je dobra partija, da on, Šamika, pređe u katoličku veru.

Svećenik verozakonim razlozima ubedi svog brata, i da stvar osigura, pod prvim utiskom napiše jedno pismo Šamiki, i dâ ga bratu da prepiše, pa će ga Šamiki poslati.

Pismo je ovako glasilo:

Blagorodni gospodine!

Koliko bi mi milo bilo, da se moja kći za vas uda, i da dođe u takvu čestitu kuću, opet moje verozakonsko čuvstvo ne dopušta mi, da moja kći provodi svoj vek u kući — inače ma kako poštovanoj — u kući gde se jedino-spasavajuća katolička vera ne slavi.

Inače, da vam dam dokaz, kako bih vas rad za zeta imati, ako ste gotovi preći u katoličku veru — onda rado ću vam dati moju kćer, i pokraj nje pedeset hiljada forinti.

Ali samo tako, pod gore navedenim uslovima moja kuća vam je otvorena.

Sa poštovanjem, Polaček.

To pismo odmah zapečate i pošlju na poštu. Šamika dobije pismo i čita. Pri čitanju pobledi, padne mu pismo iz ruke, digne ga, opet ga čita, sam sebi ne veruje. Ocu još neće da pokaže; ide kod Čamče, da se malo razabere. Pred veče dođe kući. Ne može da večera. Otac pozna njegovu promenu; pita šta mu fali.

— Evo dobio sam pismo od Polačeka.

Čita pismo.

— Eto vidiš, nema ništa, jesam ti kazao?

— Je l' moguće da je takav svet? — reče i uzdahne.

— E, svako sebi vuče, takav sam i ja.

— Pa šta ćemo sad?

— Sve je prekinuto, traži drugu! Ja sam odma' znao da će tako ispasti; sad traži dalje.

Dakle neće od ženidbe biti ništa, i to iz verozakonskog nazora. Ma šta. Jedan Bog.

— U poslednjim redovima stoji, da mi je samo pod gore pomenutim uslovima „kuća otvorena". To će reći, ako nećeš da budeš katolik, više ne dolazi.

Sve je prekinuto.

Čeka koji dan, pa otpiše Polačeku ovako:

Poštovani gospodaru!

Vašeg pisma sadržaj jako me kosnuo. Vrlo mi je žao, ali veru neću menjati, i tako poštedeću vašu štovanu kuću od dalje posete, a za dosadanje, zahvaljujući se, ostajem sa poštovanjem,

Šamika Kirić, advokat.

Pismo dâ na poštu. Šamika je neveseo. U Polačekovoj kući takođe neveselo. Otac uvek ozbiljan; devojka plače. Dođe stric svećenik, uzme devojku na ispit, pripoveda joj kakav bi to greh bio da ona to učini, da se za šizmatika uda, i živo joj predstavljao kad umre izvan vere za dušu njenu tu večitu kaznu. Devojku je zbunio. Da to dva-tri dana tako potraje morala bi poludeti. Gospođa Matilda bila je njima jako naklonjena, Šamikina narav joj se dopala. Dogovara se sa Lujzom, teši je, da stvar još nije izgubljena. Otac pazi na kćer, ne pušta je lako da kuda ide, da on ne zna šta će onde. Matilda je slobodnija. Da se uda, šta je stalo Matildi; kad Polaček ima još pet puta toliko, koliko bi pokraj Lujze dao, daće to i drugom. Gospođa Matilda poruči Šamiki, da dođe u B. da se s njom na izvesnom mestu sastane. Opredelila je mesto, dan i sat.

Šamika prijavi se na zakazano vreme.

Tu mu gospođa Matilda ispriča, kako je Lujza žalosna. Zapodenu razgovor.

— Znate, Herr von Kirić, da je Lujza tu stvar tako k srcu uzela, da može umreti. Da je vidite, ne biste je poznali. Starca bi još lako zadobili, on vas ima u volji, al' taj demon pop, taj njen stric, sve je pokvario. No tu još ima pomoći.

— Kakve pomoći?

— Vi niste ženska, fiškal ste, ne može vam ni vrag nauditi. Jeste l' odvažni, imate li kuraži? Lujza će vam svud sladiti, gde god hoćete da se s vami sastane, pa da se više kući ne vrati. Moj muž neće vam protivan biti, on vas vole, i ako se zbog vas sa popom inatio! On zna za to što ja vami sad govorim; razumete li me?

Šamika se zbunio.

Odvažna, preduzetna Matilda gleda mu u zenicu. Šamika u zemlju gleda.

— Jeste l' me razumeli?

— Jesam, da Lujza k meni uskoči.

— Jeste, ona će za vas ako ustreba život žrtvovati, ona je odvažna, samo ako ste vi...

— Dobro, promisliću se, korak je opasan...

— Nema vremena promišljavanju, ako ima što mora biti, mora biti brzo, jer će otac poslati Lujzu na daleko, svojoj rodbini, posle će dockan biti.

— Pa kako bi bilo da do nekoliko dana dođem amo s koli, da se s njom sastanem, pa onda... kao što vi kažete?

— Samo zakažite dan i sat, ona će ovde biti, al' za sigurno, da se odma' stvar prekine. Verujte, on će se u početku ljutiti, al' moj muž će ga utišati, pa će odma' popustiti, poznajem ja njega, pa nit' ćete vi, nit' ona vere menjati.

Šamika misli se.

— Dobro, osam dana od danas, u pet sati posle podne biću ovde; gotov sam na sve.

— Stoji l' partija?

— Stoji.

— Dajte ruku, držim vas za čoveka od reči. Sad moram brzo natrag, zbogom.

Ode odvažna Matilda, Šamika jednako zbunjen, još ne zna kako će da počne. Dođe kući. Ocu ne sme o tome ništa prosloviti, boji se da će mu reći: „Neću kradenu devojku". Dan po dan prolazi, a još ne zna kako će da započne. Još ima tri dana. Lujza već spremna, samo čeka dan. A šta će mnogo da se sprema. Sad opet padne na pamet Šamiki da, ako dovede devojku, otac može podići proces, pa će se i njegov otac u to uplesti. Nešto drugo predomisli. Pisaće joj pismo da će onamo doći do osam dana. Pismo je ovako glasilo:

Ljubazna Lujzo!

Nisam još sasvim spreman, no čekaj me u taj isti dan i sat sedmog aprila, sigurno ću doći. — Tvoj Š. K.

To pismo preda svom vernom kočijašu s nalogom, da gleda ma kako da preda Lujzi ili Matildi, i to isti dan. To je bilo uoči zakazanog dana. Kočijaš ode. Međutim će se o tome i sa ocem dogovarati. Sastane se sa ocem.

— Otac, Lujza će opet biti naša, i da ne menjam veru.

— Kako?

— Poručila mi je da će doći u Budim, već je i dan i sahat zakazan, pa ću je dovesti k nami.

— Šta, da uskoči, da je ukradeš? To biti neće. Pa kakva je to devoka, koja od oca, od svoje kuće beži? Pa onda da nas još Polaček u proces uvali! No to mi još fali! Mani se ćoravi' poslova.

To je gospodar Sofra ljutito izrekao, pa neće više ni da sluša, već mrndajući udalji se. Sad je Šamika između dve vatre. Šamiku glava zaboli, ne zna šta će sad. Ipak čekaće izlazak stvari; valjda će mu

Lujza što otpisati, i rok produžiti. Nestrpljivo čeka idući dan, da kočijaš dođe.

Kočijaš, kako je došao u Š, u kuću Polačekovu, najpre ode u štalu, sastane se sa kočijašem s kim je već poznat bio. Vreba frajlu do pred veče, ne može da je vidi, a dan već prolazi. Saopšti stvar Polačekovom kočijašu, koji tu ulogu na sebe primi, da će on sâm odneti to pismo frajla-Lujzi. Preda mu pismo.

Kočijaš nosi pismo, ali je pravi jokl, nosi pismo u ruci, i već je blizu sobnih vrata frajla-Lujze. Na to iziđe iz druge sobe stari Polaček, vidi da kočijaš drži pismo, misli da se njega tiče, pita ga od koga je to pismo.

— Ko ti je dao to pismo? Daj ga ovamo!

Kočijaš zateže se.

— Ta... ovo pismo... hm... nosim frajla-Lujzi.

Uzme mu iz ruke pismo.

— Ko ti je dao to pismo?

— Jedan čovek na sokaku.

— Idi u štalu.

Sad Polaček uđe u svoju sobu, i pročita pismo. Prenerazio se. Od ljutine ne zna šta da radi. Setio se šta misli Šamika. Kad večeraju, a Lujza vesela, oca služi, smeši se, baca kradom pogled na Matildu, a otac ćuti do kraja večere. Kad posle večere, Lujza ustane, hoće da ide, ali je otac zaustavi.

— Čekaj, Lujzo, da ti nešto pokažem; dobila si pismo. Čitaj!

Lujza uzme pismo, čita; i Matilda doskoči, pa čita. Matilda zarumeni, a Lujza pobledi, počne se nijati, i pade u nesvest. Polivaju je vodom. Otac mirno udalji se. Kad je došla k sebi, opet čita pismo, i ona i Matilda, pet, deset puta, ne mogu da se načude neodvažnosti Šamike. Matilda kaže da nije čovek, da je mekušac. Sreća, što još i nju nije u pismu pomešao.

— No, to je; ja sam ga za drugo nešto držala — reče Matilda.

— No, to ne bi' nikad verovala — rekne Lujza i uzdahne duboko.

Mladi Polaček nije bio kod kuće. Sutradan Lujza po savetu Matilde ide ocu pa ište oproštenje. Ispovedi mu sve. Klekne pred oca pa moli; otac joj kaže da ustane. Oprašta joj, ali sutra odmah mora rodbini na daleko putovati.

— No, to je gavalir! Ja sam kasapin, nisam fiškal, ali koga devojke štrangom vuku, taj se neće nikad oženiti — reče pouzdanim tonom Polaček.

Sutradan odmah spreme Lujzu, pa sa mladim Polačekom rodbini otputuje. Šamikin kočijaš dođe kući, pa javi Šamiki, da je predao pismo. Šamika pita ga, da li je baš samoj frajli pismo u ruke dao. Laže, kaže da jeste. Šamika mu da na vino.

Kad treći dan, dobije na pošti pismo. Otvori, čita:

Gospodine!
Stvar niste dobro udesili. Kao fiškal, mogli ste taj paragraf bolje izvesti. Niste zaslužan moje Lujze; tako odvažna devojka treba junaka đuvegiju. Da ste mi sin, morali bi za kaštigu osam dana suknju nositi.
Polaček.

Šamiki vilice se tresu. Sve je raskinuto, nema od ženidbe ništa. Badava, Šamika je galantom, ali dragović nikad. Onda je tek ocu kazao načisto, da od ženidbe nema ništa.

Ništa; bar je sebe i oca od nezgode oslobodio.

XIX

Šamika je neveseo. On je izgubio milo i drago, ali uspomena mu je ostala. Otišao je u Peštu, pa je kod frizera od Lujzine kose dao isplesti venac, u sredi pismena: *LJ. V. N.* — Ljubav, Vera, Nadežda, pa taj venac posle metnuo u zlatan medaljon. I taj medaljon će Šamika uvek u džepu kod srca nositi. Moli oca, da mu dâ za neko vreme sa ženidbom mira.

Prolaze dani i meseci, a Šamika jednako preživa staru ljubav. Gospodar Sofra se opet bacio u brigu, šta će biti, ako se naposletku i ne oženi. Šamika vrlo dobro zna, da se treba ženiti. Treba se ženiti za sebe, mora se ženiti za oca. Posle nekog vremena, kad mu se bólja malo utaložila, drži da je vreme opet ženidbu započeti. Uzeo je na oko svoje varoške frajle. Počne u jednu, u drugu kuću odlaziti. Svud ga dragovoljno primaju. U početku ga malo peckaju, prebacuju Lujzu, ali mu je opet sve oprošteno. Ne škodi mu; štaviše, može se dičiti. Ali kod tolikih na izbor, ne zna kojoj će pre.

Zapodene na jednom mestu, na drugom, na trećem i tako dalje; svud je rad zadosta učiniti. Boji se da se gde ne zameri. Šamika je tek galantom, ništa drugo. Frajle sve zbunjene, jedna drži da je Šamika već njen, druga tako isto, pa i treća, pa tako dalje. Kad se jedna s drugom sastane otkrivaju tajne, pa ispovedi se jedna da voli Šamiku, i Šamika nju, a ona to isto kaže, pa tako uhvaćene posle smeju se. A nije, nije ništa u stvari, komedija. Šamika je bio zadovoljan, kad su dame o njemu lepo govorile, on je u tom uživao. I što je čudno, kod kuće ga uvek misao o ženidbi mori, a kad dođe među frajle, on u toj konkurenciji zaboravi na ženidbu, nego s njima štrika, hekluje i pripoveda, kako je bila ova ili ona u crkvi obučena. Kod njega je bila ljubav neki sport, spoljašnji formalitet, a ženidba iz konvencije, nužno zlo. U početku su mu to zamerali, štaviše i ogovarali su ga, da je nepostojan; ali kad ga poznaše, nisu mu mnogo zamerale, nije nijednoj škodio. Njegova ženidba postala je šuplja tema; niko za nju ne daje ništa.

Kada je otac primetio da odlazi u kuće gde su devojke na udaju, drži da je vreme da ga oslovi. Prvom prilikom, zapita ga.

— No, Šamika, hoće l' biti jedared što? Čujem kud odlaziš, pa 'de uzmi ma koju, koja ti se dopada.

— Ovde, otac, teško će što biti.

— Zašto?

— Znaš, svud sam dobro primljen; ako uzmem jednu, zameriću se jednoj, ako drugu drugoj, samo bi' neprijatelja stekao. Badava, neću nigde da se zamerim.

— Pa šta ti je stalo do zamerke? Ta zar ne znaš, da svakog đuvegiju ogovaraju? Ako si pri sebi, sinko, šta govoriš!

— Ostavite to otac na mene, oženiću se, al' sa strane.

— Ta ma otkud, samo se ženi jedared. Ta da mi nije žao za pokojnom materom, kuće radi, sâm bi' se ženio. Ta na koga će sve to ostati? De, svrši jedared!

— Druge nedelje idem na put, imam već jednu zabeleženu.

— Pa idi jedared.

Druge nedelje spremi se Šamika, pa će da otputuje. Imao je i sam nešto novaca, i još mu je otac dao dve hiljade forinti. Ode opet u Košicu. No ovde se sve njegove poznate poudavale. Badava, svet se svaki dan menja. Menja se i Šamika, ali sam na sebi ne primećava. Stari poznati zaradovaše se njegovom dolasku, i na ruku su mu išli, kad su čuli da se tiče ženidbe.

No velika je razlika između sada i onda, kada je Šamika u Košici jurista bio. Onda je mogao koja mu se dopala na krilima vetrenim odneti. Ne sada. Sada ispituju, koliko Šamika miraza ište, koliko ima njegov otac, šta će mu dati. Šamika misli se; to nije ljubav, to je trgovina. Za takvog galantoma strašan udarac, uvreda. Odmah okrene Košici leđa. Sad ode u Đur. Gde god se pojavi, svud dobar utisak učini. Nema jedne koja ne bi za njega pošla. U društvu izvrstan igrač, na gitaru virtuoz, lepo svira u flautu, lepa figura, govori talijanski, ponašanje elegantno. Kome neće u oči pasti?

No roditelji ispituju, pogađaju se. Ne ide mu u račun. Jedna lepa, mlada udovica, pa bogata, gotovo da poludi za njim. Ne dopada mu se što je lako pobedu dobio. U Šamike je jedna crta romantike, da hoće da opsedne žensku kao jak grad, da se muči, da je zasluži. Neće jeftine pobede. I tu se zadovolji s time, da ga sve hoće, okrene leđa, pa otputuje. Badava, Šamika je samo galantom. Bludi kao trubadur tamo-amo, traži dame, peva, svira o ljubavi, i zadovolji se sa jednim buketom i krinom kose. Za bukete i kose imao je srebrne kutije, i kad se već buket u prah pretvorio, i to je poštovao, i u njemu su sve ljubavi njegove izmešane.

Bludeo je tako godinu dana, sve na jednu formu. Vratio se kući, a nijednu nije isprosio.

Otac već izgubio svu nadu.

— Šta je, sinko? Još nisi ništ' svršio? Bogalji se oženiše, a ti takav momak. Il' zar za tebe nigdi na svetu nema ženske? Teško meni, teško mojoj staroj glavi! Još jedared zaklinjem te senom matere, oženi se jedared!

— Hoću. Vidite, otac, na strani se ne mogu oženiti; devojaka dosta, sve hoće za mene, al' nji'ovi ocevi odma' pitaju šta imam, šta ti imaš, hoće da dođu ovamo da ispituju.

— Pa nek dođu, nek vide. Fala Bogu, nisam bankrot.

— Za mene je to uvreda; no dajem ti reč, da ću se oženiti ovde u varoši.

— Bog iz tebe govorio!

Čulo se da se Šamika vratio, i da nije nikoju isprosio. Sve devojke smeju se. Već su ga i spevale.

Svi se momci oženiše,
Šamika ostao sam.

Šamika opet pravi posete, pripoveda svud gde je bio, i šta je radio, i to sve iskreno. Frajle imaju sad dosta s njime zabave. Opet počinje oko njih bajati. Već se misli da će koju upecati, ili koja njega. Ali uvek se nađu kakve nezgode.

Sirota Katica usamljeno živi, uređuje svoju baštu, poliva svoje cveće, uči siromašnu žensku decu. Gorka je njena sudba. Kad je još bila mlada, kao majski cvet, zavole je jedan mladić, doktor svršen. Fini, izobražen mladić. Zaprosi je u oca. Katica hoće da pođe, otac se zateže, kaže da je mlada, neka počeka još godinu dana. To je bio samo izgovor; gospodar Sofra je hteo Katicu za trgovca udati, koji ima svoje, kao što gospodar Sofra veli, „sostojanije", to jest imetka. Doktor nije ništa imao osim diplome. Pre nego što će se navršiti godina, umre doktor u tifusu, a Katica neće se nikad udati. No Katica je od nekog vremena slaba u zdravlju, sve vene, dok nije uvela. Katica se suši, vidi da neće dugo, a u kući, na ovom svetu nema za nju radosti; gotova je polaziti na onaj tajanstveni svet, o kome još niko ne zna ništa, u nadi, da će se možda... sa svojim sastati. Njoj je ovaj svet tamnica. Smrt je iz te tamnice izbavila. Katica je umrla. Tuga je ubila. Ukopali su je po njenoj želji do njene matere. Zahvalna deca plačući su je do groba dopratila.

Veliki udar za Sofronija Kirića. Pokojna Katica doduše nije bila gazdarica po tiparu gospodara Sofre, da ide u dućan, da u mehani služi, ali kući nije škodila, a služila joj na diku. Svaki stranac, koji je za nju čuo i ovud proputovao, išao je posetiti i videti to divno stvorenje. Sirota Katica umrla je neudata: ona je bila kao cvet u pustinji, koji je neotkinut uveo. I Šamiki je vrlo žao, veoma je poštovao.

Sad je opet ženidba za godinu dana odgođena. Šamika će godinu dana crninu nositi.

XX

Prošlo je pet godina. Šamika još nije oženjen. Gospodara Sofru jedva čovek može poznati. Poguravljen, osušen starac. Kakva razlika između negdašnjeg i sadašnjeg gospodara Sofre! To nije više taj jaki Sofra, koji je sa tri udarca tri lopova ubio! Već je daleko preko sedamdeset godina. Lep vek, ali taj jak sastav poguravio se pod velikim udarima. I sad ga još jede nevolja. Dva sina, dve duboke rane. Već je izgubio nadu, da će se ikad Šamika oženiti, i da će od njega unučad dočekati. Padne mu na pamet, s mukom stečeno njegovo imanje u čije će ruke doći. Strese se, kad se pomisli.

Obraz mu je sav zbrčkan, na čelu duboke bore, ruke suve, koža na njima suva, nema više vlage, svetli se što je okorela. No ipak izgled lica mu je pametan. Što bliže smrti sve pametniji. Dug, s trudom skopčan život, velika je škola. Pred smrt čovek filozofsko lice dobije. Pred smrt čovek jedan drugom najvećma naliči.

A Šamika? Ni Šamika nije više negdašnji Šamika.

Već je prešao grčko majorenstvo, već je preko trideset i pet godina. Oćelavio je, pa se čini još starijim. Istina, lepa glava, lepo čelo još, ali dopola ćelav... pa već i bele kose vide se progrušane. Već je mraz list oprljio. Ne hiti mu se više ženiti. Kaže još da hoće, ali sam ne zna kad će i kako će.

Kod gospodara Sofre šegrti se menjaju u dućanu; on već slabo brine za dućan, drži ga za života svoga još samo časti i spomena radi. Već nije ni pun kao nekada. Pera tera svoje. Nikad ne može da izvede svoj plan. Živad i konji mu uvek crkavaju, a ono što ostane, dođe za dug egzekucija, pa sve odnese. Sad Pera nema ništa. Otkud će živeti? Već više puta je obijao čekmedže, i na očigled šegrta novce odnese. Čeka jedno predveče gospodar Sofra u dućanu, vreba hoće li doći Pera, jer mu preti, ako mu ne pošlje novaca, da će mu doći u goste. Pred veče kišovito vreme, hladan vetar na Dunavu, ni pred dućanom nema nikog. Šeta se po dućanu, kad eto Pere sa još dva lađarska konjušara. Iz očiju im dobro ne gleda. Pera uđe sa konjušarima. Baci preki pogled na oca, gladi velike brkove, na nešto se sprema. Tu je šegrt, baci preki pogled i na njega.

— Dobro veče!

Otac se ne odziva.

— Dokle ću ja bećar biti pokraj vas?

Otac ćuti, prekrstio na leđima ruke, pa se šeta.

— Dakle, ja uvek bećar, a Šamika gospodin?

Otac ćuti.

— Dajte mi novaca!

Otac ćuti. Sad Pera ide za tezgu i otvori čekmedže. U čekmedžetu samo nekoliko krajcara. Baci fioku o zemlju ljutito. Sad priđe ocu, stane pred njega i meri ga. Izvadi iz džepa štrangu.

— Vidite l' ovu štrangu?

Otac ćuti, ne miče se. Pera razljuti se.

— Ta šta ću ja tu s tobom mlogo, dižite ga!

Pripravni bećari ščepaju starca, dignu ga i ponesu k duvaru gde je udaren bio veliki klin, na kom je pre slanina visila, pa zavežu mu štrangom vrat i obese ga o klin. Otac se otima, viče: „Lopovi, vatra!" Šegrt istrča na stražnja vrata pa u gornji kat, da zove Šamiku.

— Starog gospodara dole vešaju, pomagajte!

Šamika uzme brzo napunjeni pištolj, pa trči dole. Donde je Pera starcu po džepovima tražio od kase ključ. Otac viče, koprca se.

Na sreću dođe Šamika sa naperenim pištoljem, što bećari videći pobegnu, a oca Šamika i šegrt oslobode.

Odnesu ga gore u sobu, dvore ga dok je malo sebi došao. Svaki čas tek uzdahne, pa viče: „Jao, nesrećan otac ja!" Sutradan dođe sasvim k sebi. Šamika je kod njega.

— Otac, ja moram tog lopova sudu predati.

— Nemoj tako brz biti, molim te. Tu treba promišljenja. Čija je sramota, nego moja? Daj mi promišljenja.

— Ta lopov ubiće vas jedared!

— Već sam i onako ubijen, daj mi mira!

Ode Čamči. Još niko ništa ne zna o toj stvari, šegrtu je zapovedio da se ne usudi kome god o tome govoriti. Čamču zove na stranu.

— Čamčo, imam ti nešto kazati, vrlo važno.

— Je li tajna? Jer ako je tajna, to mi nemoj govoriti, jer će još danas cela varoš znati.

— Ali jedared možeš u tvom životu mene radi tajnu sačuvati.

— Tebe radi hoću, i to sad prvi put u mom životu.

— Sinoć me hteo Pera obesiti; već sam visio.

— Kako to?

Sve mu ispripoveda.

— Šamika hoće da ga preda sudu.

— Nipošto.

— Zašto?

— Tebi veća sramota.

— Tako i ja mislim. No lopov će me još ubiti. Šta da radim?

— Ostavi do vraga dućan.

— Nikada do smrti.

— A ti uzmi kakvog pojačeg kalfu, dobro mu plati, daj mu oružje, pa nek puca na lopove.

— Pravo kažeš, toga ću se držati.

— Eto baš je bez službe Marko Ćebetarov, taj će odma' doći, sad je bez službe.

— Pošlji ga odma' k meni.

Gospodar Sofra ode, i onog sata dođe Marko Ćebetar, pogodi se i stupi odmah u službu.

Taj žalostan slučaj gospodar Sofra ispripovedao je još i Krečaru, i niko ga nije većma nego on žalio.

***

Šamiki opet dođe volja svoje galanterije provoditi. Sve prazno vreme provodi među damama, bez obzira na godine. To je žalosno kod momaka, da kad su mladi ne misle da će ikad omatoriti; kad omatore, još se drže za mlade. Sad Šamika, kad sedi među mladim devojčicama, izgleda kao među ljubičicama zasađeni ren.

***

Bila je jedna frajla od prvih kuća, Juca Sokolovića, izredne lepote. Držali su je za najlepšu. Kada je Šamika kojekud ženidbe radi bludeo, bila je još dete. Kad dorasla, pala je u oči jednom mladom laćmanu, varoškom sinu, i htela je za njega poći. Otac ne da. Laćman hoće da se svuče radi frajle Juce, ali otac neće za to da zna; a za laćmana ne dade je, da se kojekud po svetu luta. Tako kaže njen otac. Frajla Juca ili živa ili mrtva, ili njega ili nikog. Bila je odvažna. Kad nije ništa pomoglo, frajla Juca nategne flašu s vitriolom, i otruje se.

No na sreću pokraj brze pomoći izleči se, ali ne sasvim; uvek joj nešto posle toga falilo. Kada se malo oporavljala, Šamika dođe k njoj, roditelji su dozvoljavali, pa se s njime zanimala muzikom. Muziku je jako volela. Prolazili su meseci, on jednako tamo dolazi, iz čistog nevinog naklona, da devojci bolest s tim olakša. Laćman se oženio;

opet Juci zadata nova rana. Šamika je teši, donosi joj bukete, knjige, poslastice, sve što mu na um padne, i što ona zaželi. Čuje to otac i milo mu je. Misli, kad sasvim ozdravi devojka, da će je Šamika uzeti. Kuća čestita. Šamiki pak tako što još na pamet ne pada.

Čamča slavi krsno ime Svetog Stevana. Daje za svoje prijatelje veliku večeru. Pozvati su i gospodar Sofra i Krečar. Gospodar Sofra ne može Čamči poziv odbiti. Tu su i oni.

Povukli se u ćošak njih dva starca. Prispe večera, banda svira. Pa onda posle večere mlađi igraju u sali, u drugoj sobi kartaju se, a gospodar Sofra i Krečar povuku se u treću sobu, da ne čuju larmu; nije im do toga. Čamča zna im narav, ništa ne govori, već donese im u sobu svake đakonije.

Njih dvojica sami u sobi. Počnu se razgovarati:

— Moj Jovo, šta sam dočekao, da moram umreti, a koga posle sebe ostavljam? Šamika je dobar, ludo dobar, al' se ne ženi, do sad još se nije oženio. Pera je lopov. Blago tebi. Ti imaš jednog sina, al' čestitog, taj ne ide nikud, samo gledi svoju kuću.

— More, ima i šestoro dece!

— Da je rđav, mlogo bi mu bilo i jedno.

— Pa šta ti je teško?

— Žao mi je moje muke.

— Pa na mlađima svet ostaje.

— Tebi je lako reći, „i ninje odpuštaješi raba tvojega", al' šta ću ja?

— Ta i Šamika nije tako omatorio, da se ne može ženiti. Koliko godina bio si ti star, kad si se po drugi put ženio?

— To je druga stvar. Šamika neće nikada.

Izreče, a drži u ruci čašu vina. Skupi lice, oči suze.

— Nije još danas.

— Mani se, nema ništa od toga, Šamika neće se nigda oženiti — suza mu kanu.

— Sad je svet takav. Ostavi se; kako je tako je. Mi bar, nas dvojica, trudili smo se da ostavimo posle nas nešto.

— Ti imaš kome, al' kome ja? U nesrećni čas što sam Šamiku za fiškala načinio, a o onom bećaru ni razgovora.

— Mani se sad tog razgovora, danas je Sveti Stevan, Bog zna hoćemo li idućeg dočekati, zato budimo pošteno veseli; mi smo već starci, grob je blizu.

— Već u grobu voleo bi' biti.

— Mani se još groba. Znaš, Sofro, mi smo već od detinjstva prijatelji.

— Jesmo, i ostaćemo do groba.

— Bili smo uvek verni drugovi.

— Tako je.

— Jedan drugog smo potpomagali.

— Tako je.

— Nismo se nikad uvredili.

— Tako je.

Gospodar Sofra briše suze.

— Pa opet, moj Sofro, bilo je kako je bilo, ali i mi smo već ostarili. Posle nas šta će biti, to Bog sveti zna, i nije već dugo vreme, i mi ćemo morati na drugi svet, skoro, skoro.

Obadvojica zamišljeni, ništa ne govore, kucaju se i piju. Starcima je vino malo u mozak ušlo.

— Pa vidiš, Sofro, pravo kaže Čamča: danas jesmo, sutra nismo. Kad umremo svemu je kraj.

— Nije mi žao umreti, Jovo, ne bojim se smrti.

— Ni ja — reče odrešito Krečar.

— Al' žao mi je moga truda, i ne samo što sam izredio, neg' i onog, što sam tek izrediti mogao — i suza mu kanu.

— I meni je žao, a znaš koga?

— Koga?

— Mene i tebe.

— I meni je to žao — duboko uzdahnu Sofra.

— Vidiš, Sofro, mi ovde sad sedimo; tamo u sali muzika svira; onde je nov mlad život, a mi smo truli panjevi.

— Pravo kažeš, Jovo, sve će biti, samo nas neće biti.

— Opet ti kažem, Sofro, da su naši dani izbrojani.

Krečar digne čašu i kuca se.

Gospodar Sofra kuca se, i ispije, pa odjedared počne gorko plakati.

— Moj Jovo — govori kroz plač — najvećma mi je žao, što, kad umremo, nećemo više zajedno biti; to mi je najvećma žao, što se moramo jedared rastaviti — plače, jeca.

Krečaru se na žalost dâ, pa i on plače.

— Ded, Sofro, da se kucnemo; može biti da je kojem poslednji put na Čamčinom krsnom imenu.

— Moramo se jedared rastaviti.

Jednako plaču. Na to uđe Čamča; vidi da plaču.

— Šta je to? Vi plačete pokraj vina! Valjda vino nije dobro?

Oni još plaču, jecaju.

— Ta koji vam je vrag?

— E, moj Čamčo, mi plačemo, i znamo zašto. Sad ovde još pijemo, al' jedared moramo se rastaviti, moramo umreti — odgovara kroz plač Krečar.

— Vi ste baš ludi, ta i ja sam već fala Bogu, sedamdeset, i ja neću navek živeti, al' dok živim, hoću da sam veseo. Ta nemojte ludovati.

Obojica malo trgnu se.

— Sad ću doneti ruski tej, taj će vas razgaliti.

Čamča ode po tej. I Čamča je star, ali nema te bólje kao gospodar Sofra. Dok su se dva starca jadikovala, muzika je svirala u sali; što starcima fali dopuniće omladina. Čamča donese ruski tej i za njih i za sebe. Piju i razgale se.

— Dakle vami je žao, što se jedared rastaviti morate? Ta i bogosin Isus rastavio se jedared od oca, pa je sišao na zemlju, a šta će vami faliti, ako od dole gore pođete. Ta i ja sam star, i ja neću dugo. Metnimo ruku na srce da nikog prevarili nismo, pa je duši pasoš gotov. A mislim da smo svi trojica više dobra neg' zla činili.

Sad se starci malo uteše. Čamča je bio u duhu nepokolebljiv. Prođe svečarstvo, svi se raziđu. Bilo je već oko dvanaest sata. Napolju ciča zima. Kada se sutradan gospodar Sofra probudio, oseća neku bolju u prsima. Nešto ga bode u desnoj džigerici, i sa pleći. Uhvati ga jeza, pa mala groznica; mora leći. Opasna stvar, jer za starce groznica je gotova smrt. Gospodar Sofra leži u krevetu, groznica malo jača, tuži se na žeđ, svrbi ga grkljan. Malo zaspi, počne fantazirati. Vidi to Šamika, zove doktora. Doktor dođe, pipa mu puls, odmah kaže da je zapaljenje pluća, i to opasno. Fantazira, pa opet k sebi dođe.

Kad sebi dođe, Šamiki kaže, da zove nataroša i još četiri svedoka; hoće da piše testamenat. Šamika ode sam u magistrat, i pozove svedoke. Dok su ovi došli, gospodar Sofra dao se u paradnu sobu odneti, u krevet. Dođu svedoci.

— Pišite testamenat. Predajem Bogu dušu. Šamiki ostavljam sve moje „dvižimo i nedvižimo imjenije", a Šamika odavde da izda svakom slugi i sluškinji po sto forinti, Marku Ćebetarovom osim platna sve sitne stvari u dućanu, nek se pomogne. Na crkvu pet stotina. Peri malu kuću i hiljadu forinti.

Notaroš piše. Sve je gotovo. Sofru podignu iz kreveta, podmetnu pod testamenat jedan stari protokol, i gospodar Sofra drhtajućom rukom potpiše ime. Gospoda se udalje. Gospodar Sofra zove svećenika.

— Dozovite mi popa, da se pričestim.

Maločas dođe svećenik i pričesti ga. Gospodar Sofra zaspi, fantazira. Baš je deveti dan. Opet dođe malo k sebi. Šamika, Marko Ćebetarov, šegrt i sluškinja su kod njega. Gospodar Sofra pogled baca na kontrafu pokojne gospođe Soke, pa onda upravi oči na lik svetog Nikole, strese se i uzdahne. Marko Ćebetarov brzo mu sklopi u ruku goreću voštanu sveću. Gospodar Sofra još jedared strese se i izda'ne. Nema više gospodara Sofre, mrtav je.

Dok je pokojni Sofra izdisao, Pera pred kućom hoda gore-dole, gleda na prvi kat, čeka kad će pući glas da je otac izda'nuo. Kao god vrana, kad oseća miris kakve strvine.

Lepo ga ukopaju, metnu ga u grob s desne strane pokraj pokojne gospođe Soke. Sad su zajedno, Sofra, Soka, Pelagija, Katica. Svi su žalili Sofru, ali najvećma Krečar. Krečar ide Čamči, da se istuži, a suze mu niz obraz rone.

— Moj Čamčo, teško meni, ode mi najbolji drug!

— Pa jedared moramo umreti. On je doživeo lepu starost, sedamdeset i osam. Šta ćeš više? Ja sam sedamdeset i jedna, pa mi je dosta da dostignem Sofru; sad ćeš ti skoro za Sofrom, a ja za tobom.

— Al' tek je opet čoveku teško — briše Krečar suze.

— Teško, kad mora biti. Pa kad čovek jedared ostari, treba da putuje. Kakav mu je to život? Znaš šta to znači: imam deset dece, dvaest momaka, trideset junaka, četrdeset ljudi, pedeset ovaca, šeset škopaca, sedamdeset purana, osamdeset jaja? To je: od deset godina dete; od dvaest godina momak; od triest godina junak, najjači; od četrdeset čovek, najpametniji; od pedeset prosed; od šeset beo kao škopac; od sedamdeset ćurkast kao puran; od osamdeset mućak, gubi pamet. Pa meni nije ni žao, živeo sam kako sam hteo, i ne kajem se kako sam živeo, ma šta govorio; i posle sto godina opominjaće se Čamče, kazaće: Sad da nam je tu Čamča!

— Fala Bogu nisam ni ja nikog prevario, valjda će se i mene ko opomenuti.

— Saro, donesi vina, onog dobrog.

Gospođa Sara donese i naspe.

— E, moj Jovane, da ispijemo za dušu našeg dobrog Sofre, valjda
će se ko nas tako setiti!

Piju.

— Bog da mu dušu prosti!

Posle smrti gospodara Sofre nastupi Šamika nasledstvo kao univerzalni naslednik. Malu kuću ustupi Peri, i isplati mu hiljadu forinti kao legat. Pera primi hiljadu forinti, ali nije s tim zadovoljan, ište polovinu. Šamika ne odgovara. Poruči jednom zidaru i jednom građaru da dođu k njemu s alatom.

Oni dođu. Pera ih dovede do velike kuće kod Dunava, meri kuću, označi im tačku, kaže im da će sto forinti dati, da kuću napola seku, ako mogu da pretesterišu. Majstori su u čudu, setili se šta je, najpre ne usuđuju se, ali Pera im sklopi u šake sto forinti, i hrabri ih da na njegovu odgovornost to čine. Majstori počeše kuću rušiti. Čuje to Šamika, dozove pandure, pa pozatvara Peru i majstore.

Podigla je i sestra Lenka parnicu protiv Šamike, no bez uspeha.

***

Otac frajla-Juce, Sokolović, razboli se naglo i umre. Juca ne može nikako da ozdravi. Mati udovica ima više dece, ali Juca joj zenica u oku. Doktor kaže da Juca neće dugo živeti. Od trupa strada; to se ne dâ zakrpiti. Dakle, od udadbe nema ništa.

Juca doduše ne leži, uvek je na nogama, ali jednako vene; izgleda kao sen i opet je lepa, a pamet izredna. Svi joj po volji čine. Šamika jednako onamo odlazi, teši je, zanima je. Tako godinu dana traje, Juca sve slabija. Šamika je uzeo jako k srcu njenu nevolju, većma mu je bilo žao nego ikome. Juca opet divi se velikodušju Šamike, kad ima toliko strpljenja kod bolesne devojke. Misli se, kako bi jedna devojka pokraj takvog čoveka srećna bila. Izrodi se među njima nežno prijateljstvo. Svet zna, da je Šamika uvek kod Juce, pa se čudi, kako mu nije dosadno kod Juce.

Jedared Šamika sam sa Jucom razgovara.

— Gospodine Kiriću, žao mi je što toliko truda polažete, i da vam nije dosadno sa mnom?

— Ja sam najradije kod vas.

— Kod bolesne ženske?

— Ništa zato, ja poštujem i ono što je bilo, a ne samo što jeste. Vaša pamet je ista, a vaša pređašnja slika nezaboravljena, a sadašnja me na istu opominje.

Njemu se Juca dopada što je negda bila zdrava i lepa. Pravi galantom.

— Ja vas sažaljujem, gospodin-Kiriću!

— Zašto?

— Što vas usrećiti ne mogu; kamo sreće da sam vas mesto laćmana izbliže poznavala!

— Već sam omatorio.

— Ništa zato, ženite se.

— Koga da uzmem?

— Birajte koja vam se dopada.

— Nije to laka stvar.

— Ne treba je držati za tešku, pa onda lako ide. Vidite, ja ću vam nešto kazati, ali to držim da će tajna ostati.

— Zar se o tom sumnjate?

— Bože sačuvaj, ta ja znam, da su vaša usta zatvorena kutija — nasmeši se. Oči lepe, kao žižak svetle. Kakvo neopisano smešenje, kakva svetlost očiju! Ironija za život!

— O tom možete uvereni biti.

Sad nastavi. Lice ozbiljno, kanda veliki ispit polaže.

— Vidite, ja sam bolesna, jako bolesna, i opet bi’ se udala. Laćman se oženio brzo, srce mu na lako uzelo moj život. Mlada sam još, moram umreti, a bila sam rada srećna biti, i dobrotom koga usrećiti — duboko uzdahne, oči pune suza.

I Šamikine oči suzne. Produži.

— Kad umrem, nema koji će moje srce u spomenu držati. Ovako bolesna bi’ se udala, pa bi’ lakše umrla, u toj misli, da me ko iskreno žali.

Šamika zamišljen.

— Pa biste se udali, frajla-Juco?

— Bi’.

— Bi l’ pošli za mene?

— Pošla bi’. Vi ste mi bili verniji, iskreniji drug neg’ sve drugarice. Otkako sam bolesna, sve vreme vaše meni ste žrtvovali.

— Ja vam dajem ruku.

Pruži joj ruku. Juca primi ruku.

— Šta će mati o tom reći?

— Nad ovo malo života ja sam gospodar.

— Mogu vas od matere zaprositi?

— Možete.

— Ako bude protivna?

— Dužnost je zapitati je, a drugo je naša stvar.

Ugovor je gotov.

— Vidite, Juco, i ja sam nesrećan. Prvo u porodici, kao što je svetu poznato. A u izboru nisam bio srećan, nisam se mogao oženiti. Nek bude.

— Ma tri dana takvog prijatelja ime nosila, lakša će mi biti smrt.

Ugovor je sklopljen. Sutradan po dogovoru, Šamika ide da prosi Jucu. Ide upravo u sobu gospođe Sokolovićke. Lupne, uđe. Gospođa je sama.

— Dobar dan, milostiva, činim podvorenje.

— Drago mi je; jeste l' bili već kod Juce?

— Nisam, upravo k vami dolazim, u važnom poslu.

— Šta to može biti? — zapita višim tonom.

— Frajla Juca je jako bolesna, je l'te?

— Nažalost.

— Nema izgleda na bolje?

— Doktor tako kaže.

— Pa tako da umre neudata?

— Šta ćemo?

— Uvereni ste da sam frajla-Juce prijatelj?

— Najbolji, sama Juca priznaje, kaže, da bi bez vas već davno umrla.

— Ja se žrtvujem za nju.

— Vidim, i zafaljujem vam.

— Al' ja hoću za Jucu da više žrtvujem.

— Kako?

— Došao sam da od vas prosim ruku Jucinu.

— Kakvu ruku?! — reče ubezeknuta Sokolovićka.

— Ruku vaše Juce, da se za mene uda.

Sokolovićka gleda ukočeno Šamiku, misli da je poludeo.

— Šta vi, gospodine, govorite? Da uzmete Jucu?

— Jest', da uzmem Jucu.

— A ne vidite da je Juca pola u grobu?

— Moje je srce njen grob.

— Boga mi, ja vas ne razumem.

— Ja vas razumem. Mislite, tako bolesna devojka ne može se udati.

— Da to Juci kažem, mislila bi da sam poludela.

— Ja sam već sa Jucom svršio.

— Nije moguće?

— Pitajte, i sad ću se oprostiti, da vam vremena na to dam. Klanjam se, zbogom!

Šamika ode, a gospođa Sokolovićka kao gromom udarena, ne zna šta da misli.

Razbere se, ide k Juci.

— Juco je l' tu bio danas Kirić?

— Još nije bio, čekam ga.

— Kod mene je bio. Meni se čini, da taj čovek nije pri sebi, da je poludeo.

— Zašto?

— Znaš zašto je bio kod mene?

— Zašto?

— Prosi te, hoće da te uzme, a ti bolesna; nije l' to lud čovek?

— Nije lud.

— Dakle ti znaš da te prosi?

— Znam, već me isprosio, dala sam mu ruku, samo je tebi išao da daš blagoslov.

Sokolovićka oštrim okom gleda na kćer, drži da je i ona poludela.

— A znaš li ti da si bolesna?

— Znam, i skoro ću umreti.

— Pa kakva je to udaja?

— Zar niste nikad čuli, da se koja udala, pa je posle tri meseca umrla.

— Al' su zdrave bile, kad su se udale.

— I moja je duša zdrava; više je duša neg' telo. Ja ću se udati za njega, ma treći dan umrla.

— Ta je l' moguće?

— Kad njemu nije protivno, što vami smeta?

— Sad ću te ostaviti, jer vidim da si uzrujana, posle ćemo se o tome razgovarati.

Mati ode. Sastane se sa sinom, i sve mu ispriča. Sin kaže: „Juca je poludela". Drže familijaran savet. Niko ne odobrava udadbu. Brat ode Juci u sobu, i javi joj da oni na tu udadbu ne pristaju. Badava sva njegova slatkorečivost, Juca ne odgovara, ćuti. Svi se čude toj prosidbi. Svaka tajna dođe na videlo. Već zuca po varoši, da Šamika Kirić uzima Jucu Sokolovića. Kad o tom govore, jedno na drugo gleda, niko ne veruje. Kako bi se tako bolesna devojka mogla udati? Šamiki se takođe čude; kao mlad, zdrave devojke nije uzeo, a sad bolesnu. Niko ne veruje. Čude se, pitaju se. Kako bi Šamika na tu misao došao, kako bolesna Juca?! Pa opet nije čudo. „Utopljenik se hvata za slamku." Ta slamka je Juca Šamiki. Ako život nije sto godina, ne mora biti ni deset: može biti i jedan dan. Jucina duša hoće jedan dan da po volji živi. Pa Šamika je dvorio za vreme bolesti Jucu bolje nego njen rod. Iz Talijanske donašao joj smokve i narandže, i limunove. Ti limunovi su ruzmarinskog krina, ali ti Jucu pozivaju u dvostruke svatove — u život i smrt. A Šamiki i jedan dan takve radosti utišava svu dosadanju bólju. Dođe Juci. Juca digne se sa stolice; njena veličanstvena visina, suva, tanka, suv obraz, obučena lepo, kroči pred Šamiku majestetično.

— Dobro došli!

Šamika je doneo lep buket, pa joj na prsi zadeva. Juca gleda dole na buket. Oh, kakav je to pogled! Lepa joj usta smeše se, a oči zapaljene, kanda joj dušu gore. Juca uzdahnu, pruža Šamiki ruku.

— Ja sam bio kod matere.

— Znam.

— Ona ne dopušta.

— I to znam.

— Pa šta ćemo raditi?

— Ko je od moje duše gospodar osim Boga?

— Ja sam gotov.

— I ja sam gotova.

— Al' kako ćemo s materom?

— Ona se neće prelomiti, ni brat.

— Pa mi sami ne možemo?

Šamika gleda u oči, čudi se odvažnoj devojci.

— Juco — dopusti mi da ti tako kažem — Juco, kad si tako odvažna, ja ću s tobom i u vatru i u vodu. Je li ne dopuštaju?

— Ne.

— Hoćemo li još koga pitati?

— Ne. Pitali smo koga smo trebali.

— Hoćemo se u tajnosti venčati?

— Ja sam gotova.

— I ja sam gotov.

Sad se dogovore, i slože se u roku, Šamika će sve pripraviti. Još jedared će pokušati sreću kod matere. Mati ga odbije. Sad Šamika pripreme čini. Imao je na svoju ruku jednu babu, koja je u Sokolovića kući bila dobro primljena, pa preko nje je Juca sve doznala šta Šamika radi. Šamika je otišao u Peštu, kupio materiju za venčane haljine, lep beli atlas, pa onda venac. Pa je od Juce iziskao od njene vrane kose, i načiniti dao prsten, a na njemu na zlatu izrezati pismena *Š. K. J. K.* — „Šamika Kirić", „Juca Kirić". Kad su haljine bile gotove, uzeo je od krojača sva parčeta od njenih haljina. Cipele, rukavice, sve je pripravio, i još jedan lep zlatan đerdan. Sve donese i pošlje.

Šamika više u kuću Sokolovića ne ide, brat Jucin mu zabranio. Zabranio je i doktor, koji ne može dosta da se načudi nameri Šamike.

Dogovore se o danu venčanja. Ne samo dan, nego i sat. Svećenik, kumovi, dever, sve je već u redu. Sutradan, u pet sata ujutru, Šamika doći će pa će je odvesti. Juca rano je legla, i rano je ustala.

Već u tri sata ujutru probudi se, i počne se oblačiti. Pred ogledalom češlja lepu vranu kosu, gleda se, vidi svoje uvenulo lice, ruke suve kao pero. I opet sama se obukla.

Već je sasvim obučena, samo još venac meće na glavu i pred ogledalom udešava. Kada je već i venac namestila, stoji još pred ogledalom, prekrstila ruke, pa se gleda. Suza joj kanu na obraz. Polumrtva, a divno izgleda. Da joj daš buktinju u ruku — nadgrobni genije. Gleda na sat, broji trenutke. Već je tri četvrti na pet. Sad će doći Šamika. Čeka, svaki minut godina. Udara pet sata. Kako otkucne, a neko kapiju otvara.

Ona misli da je njena verna baba, kojoj je ključ predala. Nije, to je njen brat.

Brat kad vidi da nema ključa u bravi, ode u sobu i skoči kroz pendžer. U taj isti mah došla baba, da otvori kapiju i Jucu da pozove. Kad vidi brata, nazove dobro jutro. Brat je i ne gleda, već brzo dalje ide. Bratu je neko tajnu izdao. Brat susretne se sa Šamikom. Šamika je već noću došao sa dva fijakera, s kojima, kako dobije Jucu, iz varoši polazi. Jedan fijaker stoji u Šamikinoj avliji spreman, a na drugom ide Šamika po Jucu. Šamika je u paradnoj haljini, sa sabljom. Danas je za njega u životu svečan dan. Susrete se s bratom.

— Stanite malo s fijakerom, gospodine Kiriću.

Šamika stane.

Brat i ne pitajući otvori vratanca i sedne do Šamike u fijaker.

— Gospodine Šamika, sve znam. Od toga neće biti ništa, kako biste vi uzimali mrtvu devojku? Vi ste dobar gospodin, ja vas poštujem, pa i moja mati, i da vam o tome dokaz damo, evo ponuđavamo mlađu sestru, ako imate volju, al' od ovog nema ništa. Fijaker možete okrenuti. Zbogom.

Brat iskoči iz fijakera i ode kući. Šamika ubezeknut, zbunjen, nije mu na ino, već mora se vratiti. Od ženidbe nema ništa. Sam je kriv; nije znao stvar dovoljno u tajnosti držati. Neko je stvar izdao, ali ne može da pogodi. Juca, kad je čula vrata otvarati, držala je u ruci zbornik i molila se Bogu. Zatvori zbornik, ali eto na vratima mesto Šamike brat. Brat je gleda kako je obučena, ježi mu se koža. Juca mu izgleda kao s neba kakav duh u ženskom obliku. Jedva može da proslovi.

— Mila Juco, uzmi iz tog zbornika kakvu molitvu, moli se da ti Bog to iz glave uzme što si naumila, a od svatova neće biti ništa; sad sam sve pokvario.

Juca baci žalostan pogled na brata, digne ruke, oči ukočene, počne se nijati, i sruši se. Pala je u nesvest.

Brat viče za pomoć, svi se skupe, polivaju je, pod nos joj daju aromatične stvari, dignu je, metnu je u krevet. Došla je k sebi, ali iz kreveta više ne može. Juca jednako boluje u krevetu. Šamiki ne daju više u kuću; ne da se srde, već njegova prisutnost uzbudi većma njena čuvstva. Doktor kaže da nema ništa od Juce. Posle šest nedelja bila je već tako bolesna, da jedva govori.

Svi su oko nje, i sam doktor; dugo neće trajati. Već je pred noć. Svi plaču, ona gleda ukočeno na brata. Brat priđe k njoj, počne joj maramom zrak rediti, da joj je lakše disati.

— Kad umrem, obucite me u venčane haljine.

Jedva se razume šta govori. Opet gleda na brata.

— Ubili ste me — strese se i dušu ispusti.

Badava joj sad voštana sveća u ruci.

Tako propade ta divna devojka, a nisu joj dopustili jedan dan zadovoljstva.

A Šamika se opet nije oženio.

Badava, Šamika je galantom.

XXII

Šamika iskreno žali za Jucom. To je već i pri ukopu pokazao. Velika mu je bila uteha, što su Jucu obukli u venčane haljine, one iste što je on kupio. Tu poslednju Jucinu volju ispunili su. Šamika je doveo o svom trošku dvanaest mladića, jurata, koji će je nositi. Doneo je i jedan veliki venac, koji će na sanduk metnuti. Pa je Šamika, kad je taj venac na sanduk položio, tako plakao, tako jecao, i tako svet uzbudio, da nije bilo jednog oka bez suze. Posle ukopa počastio je mladiće na daći. On je sam za sebe daću dao. No to još nije sve. Otišao je u Peštu kod jednog novinara, i naručio je za Jucu nadgrobne stihove. Novinar se nađe u čudu; ne zna stihove praviti. Šamika ga moli, da traži ma koga stihotvorca, on će ga jako nagraditi. U uredništvu piše jedan jurista.

— Amice, vi znate stihove praviti? — zapita ga urednik.

— Nešto malo.

— Napišite ovom gospodinu nadgrobne stihove, dobro će vam platiti.

— S drage volje, samo pre podne imam posla.

— Molim da budete danas moj gost kod „Bele lađe".

— Drago će mi biti.

Učini naklon, oprosti se.

Šamika u dvanaest sata već kod „Bele lađe". U pola jedan dođe jurista. Najpre ručaju. Posle ručka Šamika juristi sve ispriča, opiše kuću Sokolovića, vrlinu Jucinu, svoj odnošaj. Briše suze.

— Sad, amice, na tom osnovu načinite stihove, i to na srpskom jeziku, pa onda nekoliko redi nemački; samo da je lepo, nagrada je dvanaest dukata.

— S drage volje, al' morate do sutra čekati.

— Ma do sutra.

— E sad, gospodine, idem odma' na posao, da ne gubimo vreme.

Rastanu se, i opet će se sutra na ručku sastati.

Jurista posle podne šeta se po varoši, da malo Pegaza podbode, otidne u jednu malu birtiju, i tu dobro se napije. Pred noć je već fantazija nabrušena. Noću, sam u sobi, hoda gore-dole, na stolu čaša i boca vina, skreše trinaest stihova. Dobro mu ispalo za rukom. Više ne treba, Šamika mu je kazao da ne bude dugačko, ali samo da se drži zadate teme.

Sad opet belaj sa nemačkim stihovima.

— Ah, šta bi' se toliko mučio.

Traži, premeće nemačke knjige, i Šilera i druge, i naiđe na par stihova, koji su sasvim za tu stvar skladni.

Der Todesengel senkt die Fackel nieder,
Und mit ihr erlischt mein armes Sein.

Sutradan je jurista već u dvanaest sata kod „Bele lađe".

Eto i Šamike.

— Je l' gotovo?

— Jeste.

— Najpre da ručamo, pa kad se gosti malo raziđu, onda ćemo čitati.

Posle ručka čitaju. Šamiki se dopada i jedno i drugo. Čita više puta, uvek se dopada.

— Vrlo dobro, pa baš trinaest stihova, nesrećna numera, sasvim je pogođeno. I nemački su vrlo lepi.

Šamika vadi svilenu kesicu, i vadi dukate.

— Evo, amice, trinaest, nek bude za svaki stih dukat.

Jurista primi i zahvali se.

— Čekajte, amice, još nije gotcvo. Vi radite kod novina?

— Jeste.

— Principal rado vas ima?

— On je sa mnom zadovoljan i ja s njim.

— Hoćete danas još u uredništvo?

— Moram.

— Šta bi' vas molio. Ponesite te stihove tamo pa pokažite uredniku; rad bi' da ti stihovi u novine dođu, i to što pre. Nad stihovi da se izreže plačući genije, po formi nemački' stihova, pa onda vavilonske vrbe, a na ploči da budu izražena dva jedan u drugi spletena prstena, od koji' je jedan pukô. Ako izradite to kod vašeg principala, još ću vas nagraditi, a principala ću osim troškova honorirati za to sa pedeset dukata; jeste li me razumeli, amice?

— Jesam — jurista sve zabeleži pa se oprosti.

Sutra će se opet ovde sastati. Jurista radostan ode u uredništvo, i sve ispriča uredniku. Urednik smeši se, malo misli se, pak odsudi: „Može se". Sutradan dođe u „Belu lađu", i donese Šamiki glas, da je sve u redu, i da će uredniku milo biti ako ga poseti. Na taj glas Šamika izvadi još dva dukata i da juristi. Posle ručka ode sa juristom u uredništvo. Urednik ga lepo dočeka, tu posle porazgovaraju kako će se u novinama sprovesti ta monumentalna stvar, i rastanu se. Šamika u jednoj srebrnoj kutijici besprimetno ostavi pedeset dukata. Urednik će već to naći. Pa zašto ne bi to štampali? Nikom ne škodi, a neće time svoju publiku uvrediti.

Posle nekoliko dana dođu novine u varoš U. Čitaju, svakom se dopada. Dive se Šamikinoj domišljatosti. Šamika moli Sokolovićeve da mu dopuste spomenik dići Juci. Malo se zatežu, posle dozvole. I doista podiže joj Šamika spomenik. Lepa mramorna ploča, i genije, baš po onom planu kao što je u novinama. I stihovi su izrezani. Naposletku Šamika izgoreo je na sveći parčeta od svile venčane haljine, pa je pepeo pokupio i metnuo u onu srebrnu kutiju, gde je pepeo od buketa, i sve je izmešao. Tako Šamika žali za Jucom.

XXIII

Kada je Polačekova u rodbinu otputovala, više se nije ni vraćala. Otac ne da. Za neko vreme još čeka, žao joj je za Šamikom, ali Šamika ništa ne piše. Dugo joj čekati, nađe se prilika; jedan kasapin, po volji Polačeka. Dobra partija. Lujza je tamo daleko sa svojim mužem mnoge godine provela; no sad skoro umre stari Polaček, i došla je u Š, da se s bratom deli. Tu je s njom i muž, gospodar Vencl Svirak. Lepo, mirno su se u nasledstvu podelili. U varoši U. drže se licitacije na varoški regal na kasapnice. Na munti je i gospodar Svirak. Svirak da najviše, i njegove su kasapnice. Sad se Svirak sa gospođom Lujzom doselio u varoš U, baš gde je Šamika. Gospođa Lujza se raspituje za Šamiku, a Šamika za gospođu Lujzu. Šamika neće u posetu, misli zameriće se Sviraku, a rado bi išao. Posle kratkog vremena upoznao se sa Svirakom, i već igra s njim karte u kafani. Lujza je sve ispripovedala Sviraku, tu njenu ljubav, na što se Svirak samo nasmeje. Može slobodno Šamika doći, neće se zameriti.

Gospođa Lujza, kad je čula Šamikino žitije, ne samo što se nije srdila na njega, već ga sažaljevala. Gospodar Svirak dogovori se sa gospođom Lujzom, pak jednom prilikom u kafani kaže Šamiki, da bi mu milo bilo, i na čast bi mu služilo, kad bi njega i gospođu Lujzu posetio. Šamika to jedva dočeka. Lepo se obuče, pa ode kod Sviraka. Gospodar Svirak nije kod kuće. Samo gospođa. Lupne, uđe. Gospođa Lujza ustane, gleda, ne veruje svojim očima.

— Ta jeste l' vi, Herr von Kirić? Davno se nismo videli. Al' smo se oboje promenili!

— Drago mi je osobito.

Gledaju se. Pred Šamikom velika, raskrupnjala dama; Šamiki se u glavi uzmuti sva prošlost, ne zna šta da misli, šta da govori. Gospođa Lujza opet ima pred sobom suvonjavog čoveka, sav ćelav, brkovi šareni — nije to negdašnji Šamika. Sažalitelan pogled baci na njega. Volela bi da ga više nije videla. Do sad barem u snu, u fantaziji, pratio je lik mlađanog Šamike; kod nje je Šamika uvek bio mladić, kao Ahil. Pruži mu ruku, pa se dugo gledaju, ne mogu da započnu. Učinilo im se kanda sanjaju. Kada se razberu, počne jedno drugom pripovedati od početka do kraja sve, ukratko. Sad je Šamika tek doznao, kako je zbog luckastog kočijaša izgubio Lujzu. Stupi krasna mlada devojka u sobu, to je njena kći, Mimika, već joj osamnaest godina.

Šamika gleda na Mimiku.

— Istovetna mati!

— Je l'te kad je mati bila osamnaest godina?

Mimika učini poklon.

Tako se poduže razgovaraše, i davši reč, da će ih više puta posetiti, preporuči se i ode. Šamiki se sve prošle godine premeću po glavi, hoće silom da se uvuče u negdašnje, staro njegovo osećanje, još kad je prvi put u Š. bio. Ne može, već je sve prošlo.

Pa kako će sad Šamika živeti? Svet se menja, ali Šamika u ženidbi ne. Već je umro i Krečar, i Čamča.

Čamča! Kako je živeo, tako je i umro. Nije dugo bolovao, lako je umro. Pre nego što će izdahnuti, reče:

— Zbogom, svete, dosta sam te se naživeo!

Poslednja želja mu je bila da ga u platnarskom dugačkom sanduku ukopaju. Proklinje Saru, ako mu volju ne ispuni. Šta će da radi, mora mu Sara volju ispuniti; no ona je dostojna Čamčina žena, dosetljiva, metne ga doista u platnarski sanduk, ali ga dâ najpre kod stolara ispolitirati, pa onda na njega obični natpis. To se čulo po varoši. Skoro cela varoš je na okupu. Gledaju sanduk i smeše se.

Čamča i posle smrti na smeh pobuđuje.

XXIV

Šamika se sa Sokolovićevom kućom sasvim izmirio. Opet je u kući svakidašnji. Dve su još devojke u kući na udaju.

Starija, Paulina, od dvadeset godina, a mlađa, Maca, od šesnaest godina. Lepe devojke. Šamika ih lepo zanima, razgovorom i sviranjem. Devojke se sasvim na njega naučile; kad jedan dan izostane, već im je dugo vreme. Brat i mati uvereni su da bi kod njega žena dobro živela, šteta što se nije oženio, i da je zaprosio bio Jucu, kad je još zdrava bila, dali bi mu. A čovek imućan. Mati se dogovara sa sinom, bi li Šamiki ponudili Paulinu, sin je sklonjen. Pitaju Paulinu bi li za Šamiku pošla. Paulina smeši se, ište promišljenja. Posle nekoliko dana Paulina izjavi da bi pošla za Šamiku. Jednom prilikom, kad je Šamika došao kod njih, mati ga pozove u drugu sobu.

— Gospodin Kirić, izvolite sesti.

Sednu na divan.

— Znate šta ću da vas pitam?

— Ne znam.

— Pogodite.

— Valjda bi vam trebala kakva mustra iz Pešte?

— Ne. Pitam vas, bi l’ vi uzeli moju Paulinu?

— Vi se šalite — smeje se.

— Ne šalim se; pitam, hoćete li uzeti moju Paulinu?

— Ta ne vidite da sam sav ćelav i progrušan.

— Koliko godina vam je?

— Pedeset.

— Sokolović je bio pedeset i dve kada me je uzeo, a bila sam za dve godine mlađa no sad Paulina. Pa kod vas svaka će ženska lepo živeti. Udadba je jedno društvo od jednog para, a dobrota je osnov tome životu. Lepota, mladost prolazi.

— Vidim da ozbiljno govorite, i ja ću vam ozbiljno odgovoriti. Ja sam doista rad da se frajla Paulina srećno uda.

— Pa usrećite je. Primite moj plan.

— Dajte mi termina tri godine.

— Dug termin.

— Posle tri godine, ako ne dođe bolja partija od mene, onda ću je uzeti. Budite s tim zadovoljni. Dalje ići ne mogu, a zadatu reč ću održati.

Mati se i s tim zadovolji. Saopšti to i Paulini, i ona je zadovoljna. Udadba joj osigurana. Šamika ima velika poznanstva. Mnogi stranci su k njemu u goste dolazili. Njegova kuća je bila kao gostionica, samo što već nema ni dućana ni birtije gospodara Sofre. Ukus Šamikin i Šamikin karakter poznati su nadaleko. Koju frajlu Šamika pohvali, ta se mora udati; kog momka pokudi, taj se neće skoro oženiti. Šamika je u svojoj sali mnogo puta balove davao, osobito kada kakvi otmeniji gosti dođu. Šamika će dati bal, tu su otmeni gosti. Što je god u varoši hotvole, sve će tu biti. Tu će biti i gospodar Vencl Svirak sa gospođom Lujzom. Šamika uveliko odlazi kod Sviraka, i Svirak Šamiki. Gospođa Lujza je takvom prilikom onde kao domaćica, tako su familijarni. Tu će biti i mlađi Polaček sa gospođom Matildom. I na njima se već godine poznaju. Tu su i Sokolovićevi. Bal se već započeo. Omladina igra. Šamika pazi na red. Šamika ne igra, kaže da je već omatoreo. Igraju kotiljon, ne zna niko da upravlja, spletu se; Šamika gleda, pa se smeje. Svi mole gospodina Šamiku da se on primi, pa na mnogu molbu posluša ih. I tu je u toj molbi bilo nekog formaliteta. Tri od frajla ispod ruke vode se, i dođu kao tri gracije u deputaciju. Tome Šamika više protivstati ne može. Onda Šamika upravlja kotiljonom. Ali onda i ide! Pre nego što bi počeo, uzviknuo bi: „Vi ste slavni momci!” Makar je pedeset godina, opet je prvi igrač. Stranci veselo igraju. Jedan neće od Pauline da otkine. Bogat, fini mladić. Opet igraju damenvalcer. Šamiku da pokidaju. Priđe k njemu gospođa Lujza.

— Vi ste, Herr von Kirić, mein alter Tanzer und Chevalier, müssen Sie mit mir tanzen — pa ga jakom rukom dočepa, i burno se okreće.

Gosti pljeskaju: „Bravo Kirić, bravo Frau von Svirak!”

I sam Svirak pljeska, dopada mu se. Jedva ga Lujza pustila, a eto opet gospođe Matilde.

— Sad morate sa mnom, Herr von Kirić. Jetzt muss ich Sie strafen, weil Sie damals ung'schickt waren.

Opet viču: „Bravo, vivat Kirić”. Posle opet zasedne Šamika sa Svirakom, pa mu pripoveda o njegovoj staroj ljubavi. Sada, veli, dolazi mu to kao san, skoro ni sam ne veruje da je to istina bila. Svirak kaže da mu žena sve to i koliko puta pripovedala, pa se slatko smeje.

Posle bala sutradan taj mladi stranac ispita Šamiku o frajli Paulini. Kaže mu da je dobra, jaka kuća, pa se stranac moli da ga odvede tamo kod Sokolovićevih u posetu. Stranac bude dobro primljen. Već se dobro upoznao na balu sa frajla-Paulinom. Dvaest osam godina star, i vicesudac. Očina kuća jaka. Posle posete dogovara se stari gost sa Šamikom. Pita ga o svim okolnostima. Šamika hvali kuću, hvali Paulinu.

Stranac otputuje, no skoro će opet doći, i to sa ocem. Šamika dogovara se sa materom; materi se stranac dopao. Dovede oca i sina u posetu. I ocu se Paulina dopada. Kod Šamike opet se dogovaraju. Pita otac, šta će mati pokraj Pauline dati. Dvanaest hiljada. Otac je zadovoljan. Najpre otide Šamika materi i bratu. Pogode se. Paulina je već onaj dan zaručnica. Posle dve nedelje svatovi. Paulina se uda. Nije morala čekati tri godine.

Šamika opet nije se oženio. Šamika je galantom. Nije trajalo po godine, Šamika pohvali Macu, i Maca se dobro uda. Sad već u Sokolovića kući nema više nikog za udadbu. Sad je opet Šamika u Svirakovoj kući svakidašnji. Ovamo dolazi Matilda i njena kći. I Matilda ima kćer od sedamnaest godina. Sasvim je tu familijaran. Gospođa Lujza tapše ga po ramenu pred Svirakom.

— Moj stari kavaljer.

— „Gumilasti", i vi već niste „kabinetsštik.

Smeši se pa meri Lujzu; tako je debela. On i tu, sve oko devojaka, a devojke oko njega. Uda se i Mimika. Udala se za Jucinog brata. Šamika je tu bio provodadžija. Ne traje po godine, uda se i Matildina kći.

Sve dobro udate, na preporuku Šamikinu.

XXV

Prohujaše nekoliko godina.

Šamika sve stariji, ali ćud ne menja. Sad drže Šamiku za čoveka srećne ruke. Sve kuće njega prisvajaju. Gde on dođe u kuću, tu se devojke brzo udaju. Šamika je opkoljen od devojaka.

— Uzmite mene, mene, uzmite mene — sve klikću.

A Šamika kao stari rabotnik, svoj stari posao tera. Je li kakav bal kod njega, ili u kafani, svud je on omladini na ruci. Nema više Čamče. Nova vremena, nov naraštaj. On u novome naraštaju zadosta čini. Kada je bal, ma vancage padale, ide u Peštu, i damama sve nužno kupuje. Ako kojoj trebaju rukavice, da mu dva cvancika. On kupi za četiri cvancika par. Sve ga hvale kako zna dobro. Bukete sveže zimi, pa s njima na fijakeru na bal, to je njemu mila zabava. Kod krojača čeka po tri sata, dok haljine nisu gotove, i to sve savesno izređuje, isplati i račun. Ne jedna frajla čeka za haljine; napolju pada sneg, ona čeka poluobučena, čeka Šamiku, ali Šamika ne sme faliti; mada je bal započeo, on je za po sata tu.

I kad je na balu sve gotovo, Šamika kao trijumfator dođe — *veni, vidi, vici* — svi mu se klanjaju. Doneo je i dosta bombona, šećerleme. Svi se Šamiki klanjaju.

Pa kako živi Šamika? Na balu pojede jedno-dva jela, koju čašu vina. Kad je sam kod kuće, na podne dva-tri jela, na veče jedno jelo, parče sira ili ma šta, čašu-dve vina.

Nikad niko Šamiku pijana nije video. Nikad Šamika gadno psovao nije.

Kod njega je bila psovka „gumilasti" i „šmafu".

Zimi, leti, kojoj je šta trebalo, ide u Peštu pa donosi. Omatoreo je, ali kad iziđe iz kuće, lepo obučen, kao iz kutije. Nijedan prosjak nije prošao pokraj njega, da mu nije što udelio. Ocu, materi, sestrama podigao je lep spomenik. Plaća stražare, koji čuvaju grobove njegovih najmilijih, roditelja, sestara, i Juce. On kod sebe nosi u medaljonu Jucinu kosu. Pepeo njegovih uspomena u srebrnoj kutiji kod njega na stolu je noću. Kad ne može da spava, uzme kutije, pa ih ljubi. To niko ne vidi, niti on želi da ko vidi, jer samo on oseća bólju.

Ali on se jedared za dame žrtvovao; kako je živeo, tako će i umreti. Čitao je novine, „Theaterzeitung", „Damenzeitung", drugo ništa. *Corpus iuris*, to tek po imenu poznaje! A što da ga poznaje?

Onda ne bi bio galantom.

Kad su ga pitali, zašto on ne fiškališe, odgovorio im je: „Ja u mom životu nikad nisam prodao nijedan jastuk, a kamoli kuću i zemlju". I tako je Šamika živeo, samo da ženske usreći; ne jednu, dve, nego sve. I u društvu pred njim nije niko smeo ženske ogovarati. Ako se ko usudio odmah mu je rekao: „Ruku na srce! Jesi l' ti grešan?" I Šamiku su tu njegovi prijatelji potpomagali.

Doista i Šamika je pravi mučenik.

Kad mu vremena dostaje, ode Sokolovićevima, čiji sin je već oženjen, pa onda Sviraku i Polačeku. Kod Sviraka, osobito kad je i gospođa Matilda tu, najbolje se zanima. Gospođa Lujza bocka ga, da je nju napustio, i da je ona znala, da je on tako neodvažan, ona bi njega ukrala. Gospođa Matilda isto potvrđuje, i kaže mu, bolje da je ženskom rođen. Pa onda počnu ga obadve grliti, pa se smeju.

— No vi ste, Herr von Kirić, večiti mladoženja, ewiger Jud.

— „Gumilasti", ni vi niste više „kabinetsštik".

Tako živi Šamika.

Mnogi bi pomislili, da je Šamika nesrećan čovek. Nije tako. Šamika je sa sobom sasvim zadovoljan.

***

Međutim, Pera sasvim se upropastio. Nema više nijednog konja, nijedne guske, nijednog pileta. Sad tek vidi da je usamljen. Nema više oca, nema matere. Izvor je već iscrpen. I već je Pera starac. Nema više stare živahnosti, nema fantazije. Ozbiljno lice, izgleda i on već kao filozof. Dug život, velika škola.

— Sad — veli Pera — da mi je otac živ, ljubio bi' mu ruke, molio bi' da mi oprosti.

I otkako je sasvim propao Pera, ima pet godina, a otkako se pokajao — pet godina. Pod starost je došao k sebi. Kad već ništa nije imao, predao je upravu svog kućevnog dobra — što ga nema — svojoj gazdarici.

I dobra gazdarica iz ničega stvori sve, patnjom proučena, svojim trudom lebac zaslužuje, a Pera tim postiđen, kao starac radi. Dođe do malog dućanca, životari, i koje god dete dođe u dućan, poučava ga na dobro.

I taj čovek je hteo oca obesiti!

XXVI

I Šamika već „ima šeset škopaca". Sav beo i ćelav. Već je preturio šeset. Ali on je još stari Šamika. Prodaje kuću za kućom, zemlju za zemljom, putuje, kupuje, servira dame, svakoj obriče da će je uzeti, i kad to kaže, sam se smeši, i ako ne uzme mora se udati.

Kao dobar vračar, svakoj je pogodio.

I putovao je u tu svrhu između U. i Pešte četrdeset godina.

Varoški inženjer, njegov prijatelj, koji je s njim vek proveo, i život Šamikin znao, izračunao je, da je Šamika za četrdeset godina putujući između U. i Pešte — daljina samo dve milje — u svom životu toliko milja prešao, da je s tim mogao kao Kuk celu zemlju našu unaokrug otputovati, i natrag se vratiti. A što je potrošio, i taj trošak bi dovoljno bio za to svetsko putovanje.

Šamika se nije oženio. On je bio galantom. Šamika je sav svoj imetak potrošio. No taj imetak utrošen je u galantne stvari, koje su pripomogle devojkama da se udadu. Utrošen je u udadbe. Sve su srećne, koje je njegova reč blagoslovila.

***

Šamika je već sedamdeset godina star. I on je već iskidan čovek. Dobije odjedared groznicu, lečio se svojim Morizonovim pilulama, ali mu nije pomoglo. Za četrnaest dana umre. Ukop lep. Njegove nesuđenice, njihove kćeri i unuci, pratili su ga.

Njegove pitomice idu svake godine o ružičalu na njegov grob, i ovenčavaju ga cvećem, kao drugog frauenloba. On je to i zaslužio. Urezali su mu na ploči pokraj njegovog imena: *večiti mladoženja*.

Nije postidno!

Jakov Ignjatović, jedan od prvih i najplodnijih srpskih romanopisaca, ali i najraniji predstavnik realizma, rođen je 1822. godine u Sentandreji, varošici blizu Pešte, u uglednoj trgovačkoj porodici. Njegovi preci iz Prizrena su se doselili u Ugarsku 1690. godine. Pošto su mu roditelji rano umrli, majka kad je imao tek godinu, a otac kada je imao osam godina, brigu o detetu preuzima brat od strica Sima Ignjatović, veliki beležnik grada Budima.

Osnovnu školu pohađa u rodnom mestu, a gimnaziju u Vacu, Ostrogonu i Pešti. Prava studira na Univerzitetu u Pešti, ali studije brzo napušta zbog sukoba sa profesorima i rođacima i dobrovoljno odlazi u husare, na služenje vojnog roka. Uprkos vojnom angažovanju, na Kečkemetskoj akademiji ipak uspeva da završi prava 1845. godine, a advokatski ispit polaže 1847.

Kratko vreme bavi se advokaturom u Pešti i Sentandreji. Po izbijanju Mađarske revolucije (1848) svrstava se na stranu Mađara, a protiv Beča, zbog čega, posle mađarske kapitulacije, biva prinuđen da prebegne u Beograd, budući da je srpska buržoazija u to doba bila na strani bečkog dvora, pa je u srpskoj sredini proglašen izdajnikom.

U Beogradu radi kao novinar sve do 1850. kada počinje da putuje svetom. U Sentandreju se vraća 1853. i odmah se uključuje u politički i kulturni život Srba u Vojvodini.

Istovremeno radi kao advokat i kao urednik „Letopisa Matice srpske". Godine 1859. postaje narodni sekretar u patrijaršiji u

Karlovcima. Zbog sve izraženijih sukoba sa patrijarhom, već sledeće godine demonstrativno napušta mesto sekretara i seli se u Novi Sad gde od 1861. radi kao veliki beležnik.

U periodu od 1863. do 1879. godine živi u Dalju. Tu nastavlja advokatsku karijeru, ali je bio i službenik patrijaršijskog imanja mitropolije Gornjokarlovačke. Srpskoj čitaonici u Dalju zaveštao je svoju privatnu biblioteku.

Po prelasku u Temišvar radi kao urednik „Temišvarskog glasnika", a zatim se vraća u Novi Sad gde sa Đorđem Rajkovićem uređuje „Nedeljni list". U časopisu, finansiranom od strane mađarske vlade, zastupa stanovište da Mađarima pripada vodeće mesto u Ugarskoj. Ostavši tako dosledan prijatelj Mađara, Ignjatović neizbežno dolazi u sukob sa Miletićem i ponovo biva proglašen izdajnikom i mađaronom. Ovoga puta, do kraja života ostaje odvojen od srpskog društva, napušten i usamljen.

Godine 1888. postaje dopisni član Srpske kraljevske akademije.

Preminuo je 1889. godine od posledica tuberkuloze. Sahranjen je na novosadskom Uspenjskom groblju.

Roman *Večiti mladoženja* objavljen je 1878. godine i predstavlja najpotpunije Ignjatovićevo književno ostvarenje. Smatra se klasikom srpske književnosti i deo je obavezne školske lektire. Roman prikazuje uspon i pad jedne srpske trgovačke porodice doseljene u Sentandreju u vreme Velike seobe i tematski se sastoji iz dva dela. Prvi deo prati život Sofre Kirića, preduzimljivog i poštenog trgovca koji je vlastitim trudom stekao bogatstvo i ugled, dok se drugi deo fokusira na njegovu decu, koja su njegova sušta suprotnost — neodgovorni i lenji pojedinci koji rasipaju nasleđeno bogatstvo. Kroz ovaj kontrast, pisac provlači temu prolaznosti, ali i istražuje večiti sukob među generacijama, opisujući kako očeve, koji su se borili za svoj status, nasleđuju potomci s drugačijim vrednostima i ambicijama. Ipak, Ignjatović u ovom društvenom romanu ne istražuje samo konflikte između očeva i sinova, ili sudbinu samo jednog od njih, već osvetljava i socijalne teme ondašnjeg vremena, pokazujući kako promene kod generacija utiču na sudbine pojedinaca i društva u celini.

abalienatio (lat.) — otuđivanje, prenos vlasništva, odstranjenje

abentajer — avantura, doživljaj, pustolovina

adiđar — nakit, ukras, dragulj

ajsliban — železnica, voz

akademikerka — žena sa višim obrazovanjem

akompanjirati — pratiti, sprovoditi, pratiti nečije pevanje ili sviranje, učestvovati u nečemu

akov — stara mera za tečnost (50-60 litara)

actus potentiae (lat.) — nasilje, nasilničko delo, prestupništvo

alagroso — na veliko (obično u trgovini)

alatura — miraz, dodatak u novcu za izdržavanje kuće

alijirt — saveznik

alegacija — pozivanje na spis, navođenje, advokatska rasprava

alvaluk — dar, poklon, napojnica, nagrada

amice! — prijatelju!

amizant, amizantan — prijatan, zabavan, zanimljiv

angažirati — uzeti u službu, najmiti, uplesti se u borbu, obavezati, pogađati

angažirati se — zauzeti se, zalagati se (za koga ili što)

aranžer — uređivač, upravljač, priređivač

arište — zatvor, haps

arkada — hodnik na svodove, sveden prolaz, polukružni otvor *armada* — velika vojska, flota

armicija — trošarinarnica, carinarnica

atila — kratak konjički ogrtač koji su nosili mađarski plemići

attitude (fr.) — stav, držanje tela, položaj; u baletu: stav na jednoj nozi

auf majne ere! — časti mi, na časnu reč!

auspruh — suvarak, vino slatkog i prijatnog mirisa koje se pravi od suvog grožđa

ažija — veća vrednost jedne vrste novca, višak, doplata; razlika između nominalne i kursne vrednosti

bajati — vračati, gatati, varati

bajir — rečna ili morska obala

banda — četa, odred, grupa, družina, putujuća grupa svirača

barbariš — varvarski, divljački

bastrompeta — muzički instrument za niske tonove, truba

beamter — činovnik, službenik

belajdigung — uvreda, vređanje

belenzuke — narukvice, grivna, ukras

bildung — obrazovanje, vaspitanje, naobrazba

bileta — pisamce, ulaznica, karta

bircauz — krčma, gostionica, birtija

büste (nem.) — bista, poprsje

blagopočtenorodna — izraz poštovanja upućen bogatim i uglednim ženama građanskog društva

blamaž — sramota, bruka, ukor, kuđenje

bolozanka — lađa kojom se prevozi žito

bon-vivant (fr.) — veseljak, čovek koji prvenstveno voli uživanje i razonodu

brazletna — narukvica, grivna

buholter — knjigovođa

bouillon (fr.) — čorba, supa od povrća i mesa u kojoj je obično razmućeno jaje

bukagije — okovi na nogama

Buniparta — Napoleon Bonaparta

buruntija — zapovest, nalog

centa, cent — stara jedinica za merenje težine (100 grama)

cerito (ital.) — italijanska narodna igra

crne banke — inflacioni novac

cvancik — „dvadesetak", stari austrijski srebrn novac

čardaš — mađarska narodna igra

črez — preko, pomoću

čtenije — čitanje

čuvstvitelan — osećajan

ćef — dobro raspoloženje, radost, veselje

ćurdija — kratak krzneni kaput

Damenzeitung (nem.) — Ženske novine (časopis)

dandy (eng.) — kicoš, pomodar, fićfirić

dehonestirati — osramotiti, povrediti nečiju čast

deližans, diližans — brza poštanska kola koja prevoze i putnike

depositum (lat.) — ostava, mesto gde se čuvaju tuđe stvari

Der Todesengel senkt die Fackel nieder, Und mit ihr erlischt mein armes Sien (nem.) — Anđeo smrti okrenu buktinju, i s njom se ugasi moje jadno biće

dešperatan, desperatan — očajan, bez nade, brižan

detentio rei alienae (lat.) — držanje, prisvajanje tuđe stvari

devalvacija — smanjivanje nominalne vrednosti jedne vrste novca

diba — fina i skupocena svilena tkanina

diskant — najviši glas (kod dece i žena), sopran
dišpensacija, dispenzacija — razrešavanje od neke obaveze ili smet-
nje, naročito kod prepreka za brak; oproštaj
dos à dos (fr.) — leđa u leđa; jedan drugom okrenuti leđima
drastičan — grub, snažan, strog, neposredan
Drei Musketiere (nem.) — Tri musketara, roman
dvižimo i nedvižimo imjenije — pokretno i nepokretno imanje

Đur — grad u Mađarskoj

egzekucija — izvršenje putem zakonskog prisiljavanja, prisilna
naplata poreza ili duga putem prodaje pokretnih stvari
ekscelent — izvrstan
ekuze — vrsta igre
elegant — otmen, izvrsno odeven
en bandoulière (fr.) — na kaišu
entremets (fr.) — međujelo koje se jede između pečenja i kolača
ili voća
espap — roba
etikecija, etiketa — dvorski običaji, dvorski propisi, propisi za pon-
ašanje u otmenom društvu, usiljenost društvenog ophođenja
Ewiger Jude (nem.) — večiti Juda, večiti Žid; čovek koji je proklet da
ne može nikad umreti, ni smiriti se, već mora večno da luta

fajerpiket — završni, najbrži deo igre
fajn — lep, nežan
factum infectum fieri nequit (lat.) — ono što nije bilo ne može
da postane
farbl — hazardna igra karata
fašange, fašanke — mesojeđe, poklade
fatermerder — visok i jako krut okovratnik

fela — vrsta, soj, rod

fent — pretvaranje, pretvorstvo

filigran — ukrasno mrežast umetnički rad od tankih zlatnih i srebrnih žica

fiškal, fiskal — advokat, pravni zastupnik

frau — gospođa, žena

frauenlob (nem.) — udvarač, laskavac

fura — teret, tovar prtljag

galant, galantan — uslužan, uglađen, prijatan

galanterija — predusretljivost, uslužnost, fino ponašanje, udvaranje ženama, laskanje

galantom — otmen i uslužan čovek (naročito prema ženama)

garde de robe, garderobe (fr.) — odeljenje (u pozorištu, bioskopu i sl.) u kom posetioci ostavljaju kapute, šešire i dr; soba ili orman u kom se čuva odelo ili rublje

garniran — ukrašen, začinjen, snabdeven nekim dodatkom (kod jela: krompirom, salatom, peršunom, pirinčem i dr.)

garnirati — ukrasiti, ulepšati, snabdeti nečim

gavaler, kavaljer — vitez, plemić, otmen i uslužan čovek

gebildet — vaspitan, obrazovan

gentlemen (eng.) — lepo vaspitan, uglađen čovek

gerok — kaput sa dugačkim peševima i pripijen uz telo, kaput za ulicu

gešmak — ukus

goga — ovde: ma ko, kojeko; inače: zidar

goveti — ugađati, dopadati se

gracija — ljupkost, lepota, dražesnost

grk — sitan seoski trgovac, bakalin

groshendler — trgovac na veliko

grunt, grund — zemljište, osnova, podloga

gumilasti — ovde: Šamikina uzrečica bez nekog određenog smisla, najčešće označava prostotu; inače: gipkost, rastegljivost
guvernanta — vaspitačica, domaća učiteljica

hasna — korist, dobit
hegede — violina
Herr von Kirić... (nem.) — gospodine Kiriću...
Herr von Kirić, mein alter Taenzer und Chavalier, müssen Sie mit mir tanzen (nem.) — Gospodine Kiriću, moj stari igrač i kavaljer, morate sa mnom da igrate
herajn! — slobodno! napred!
Hijotkinja — žena sa grčkog ostrva Hiosa, u Egejskom moru
hineraug — žulj na nozi
hiroš — seoski ljubavnik, kicoš
holba, holber — boca od 6 dl zapremine
honoris causa (lat.) — za čast, počasni
hotvole — visoko, otmeno društvo
huncutarija — obešenjakluk, manguluk

identitatis (lat.) — po istovetnosti
ilidže — toplo kupatilo
illistrissime domine! (lat.) — presvetli, preuzvišeni gospodine!
impertinent, impertinentan — bezobziran, drzak, neučtiv
imponovati — ulivati poštovanje, divljenje; praviti utisak
i ninje otpuštaješi raba tvojega — i sada otpusti slugu svoga
in infinitum (lat.) — u beskraj
inexpressible (fr.) — neizreciv, koji se ne može iskazati
inkasirati — naplatiti račun u gotovom novcu
intabulirati — staviti sudsku zabranu na nepokretno imanje
intabulacija — sudska zabrana na nepokretnosti
introdukcija — uvođenje, uvod; predgovor

inštancija, instancija — molba, navaljivanje, žalba

inštitut, institut — zavod za vaspitanje mladih devojaka

išpan — župan, upravnik spahijskog imanja (u Mađarskoj)

izredan — naročit, osoben, izvanredan

Jaci taci Krakovjanci hlapci? — Kako ovi krakovski mladići? (poljska
   narodna pesma)

jankl — kaput

japundže — kabanica, ogrtač protiv kiše

Ješče Poljska ne zginula — Još Poljska nije propala (poljska narodna
   pesma)

Jetzt muss ich sie strafen, weil sie damals ung'schickt waren (nem.) —
   Sad Vas moram kazniti što ste onda bili nevešti

jokl — glupak, budala

jufka — fino, tanko razvučeno testo

jurat askultant — sudski pripravnik

juratus — sudija, sudac

jurista — pravnik, student prava

kabinettsstück (nem.) — Šamikina uzrečica koja označava nešto lepo
   i otmeno; nešto kao lutka iz kutije, iz izloga

kadiva, kadifa — vrsta skupocene tkanine, somot, pliš

kalauz — vođa, pratilac, ključ koji otvara svaku bravu

kamarat — drug, prijatelj

Campanile di San Marco (ital.) — zvonik crkve sv. Marka (u
   Veneciji)

kanonik — u katoličkoj crkvi: više svešteno lice svetovnjačkog reda

karbonari odelo — dug i širok muški ogrtač bez rukava

karnijol, karneol — vrsta poluprozirnog kamena ružičaste boje

kasirati — razbiti, degradirati, ražalovati, razrešiti nekoga dužnosti

kasnar — blagajnik

kaštiga — kazna

causa litis (lat.) — uzrok parnice

kinstler — umetnik

cliquot (fr.) — vrsta francuskog vina

koketa — kaćiperka, namiguša, svodljivica

Kolomeja — grad u istočnoj Galiciji

kondicija — uslov, pogodba, podučavanje

konfederacija — savez, udruženje, savez dveju država

konfederatka — poljska narodna kapa opšivena krznom, sa kićankom
 spreda

kontraband — krijumčarenje, švercovanje

kontrafa — slika slabe umetničke vrednosti; neumetnička slika

konvenijencija — pristojnost, prijatnost, uljudnost

komifo! — kako treba, kao što treba!

corpus delicti (lat.) — dokaz, predmet koji dokazuje krivicu

Corpus iuris (lat.) — *Zbornik prava*, zbirka rimskog prava koju je u
 VI veku priredio car Justinijan

košer — jevrejskim verskim propisom zabranjeno jelo

Košice — grad u Slovačkoj

kotiljon — vrsta francuskog plesa, igra

krajzler — trgovac na malo, bakalin

Krakov — grad u Poljskoj, nekadašnja poljska prestonica

krenfne — bolest, bolešljivost, slabunjavost

krenkovati — sekirati se, biti uvređen

krinolin — široka ženska suknja u obliku zvona, rastegnuta iznutra
 obručem od žice

kupec — sitan trgovac, bakalin

kurator — staratelj, tutor

kurentirati — tražiti nekoga putem vlasti, dati oglas radi traženja
 nekoga ko je nestao

kurmaheraj — udvaranje, zabavljanje

laćman — potporučnik

laesio honoris (lat.) — povreda časti

latov — preglednik, stražar

latov armicijaški — carinski službenik, trošarinski kontrolor

ledingeš — prvi konj u vuči lađa ili dereglija rekama

legat — zaveštanje, ostavljanje jednog dela ostavštine u nasledstvo

lendler — popularna igra u Gornjoj Austriji

lenger — sidro, kotva

lese — vrsta igre

libe muter! — draga majko!

Lido — čuvena morska plaža u Veneciji

lornjet — naočari sa drškom koje se na očima drže rukom

lustrajz — izlet, putovanje radi zabave

madam — gospođa

magistrat — opštinski sud, opštinsko veće, opština

majales — priredba u prirodi sa igranjem i pevanjem

majestetičan — veličanstven, uzvišen, kraljevski

Majland — Milano, grad u Italiji

majorenstvo, majorenitet — punoletnost, zrelost;

majorenstvo grčko — punoletstvo u tridesetoj godini

makao — vrsta hazardne kartaške igre

mandanelu-mantineli — izraz bez smisla; ovde verovatno znači: guranje i klaćenje tamo-amo

manipulisati — rukovati, upravljati nečim, udešavati

manšestar, mančestar — vrsta pamučne tkanine, slične somotu, za sportska odela i ženske haljine

marcijalan — ratoboran, ratnički

marijaš, marjaš — nikleni srpski novac; naziv za više vrsta kartaških igara

masiver kerl — debeljko
maškrtan — proždrljiv, lakom
mazur, mazurka — poljska narodna igra
Mein Herz ist Horst der Liebe (nem.) — Moje srce je gnezdo ljubavi
merov — stara mera za žitarice
mindros — odgovornost, podsmeh, šega
minet, menuet — stari francuski ples
mizerabl — bedan, jadan
monumentalan — veličanstven
munta — javna prodaja, licitacija
mutatio inter res non efficit paritatem (lat.) — međusobna izmena
    ne stvara jednakost
muzikališe dihtung — muzička pesma, kompozicija

nah Pariz, London — u Pariz, London
nadžak — mala ubojna sekira
nataroš, notaroš — beležnik, opštinski činovnik
natentati — navesti nekoga na nešto, nagovoriti
nemeš — mađarski plemić, vlastelin
nemeškinja — plemkinja
noblbal — bal za otmen svet, plemstvo
Nürnberger Handlung — prodavnica raznovrsne robe

oculata (lat.) — komisija za očigledan pregled
Oj, čertovski Čamčo, otkel ti prišel? — Oj, đavolski Čamčo, otkud
    si došao?
opečaliti — rastužiti
otr šos! — drugo, druga stvar, nešto drugo!

palatin — velikaš na kraljevom dvoru, velikodostojnik
pane dobrodzjejni — milostivi gospodine

par plaisir (fr.) — iz zadovoljstva

pasija — strast, želja, sklonost

patron — pokrovitelj, zaštitnik, svetac kao zaštitnik porodice ili doma

per šnas — iz šale

Pijačeta — trg u Veneciji

pikantan — dopadljiv, nadražljiv, duhovit, zanimljiv

piccolo (ital.) — mali duvački instrument sličan flauti, sa tonovima za oktavu višim od tonova flaute

pita pitae similis (lat.) — pita piti slična

plump — nezgrapan, neotesan

polonezmarš — marš pred igru poloneze

portentum (lat.) — čudo, čudovište

Požun — Bratislava

pratium affectionis (lat.) — cena za ljubitelje nečega koja ne odgovara proceni drugih kupaca

principal — domaćin kuće, sopstvenik radnje, gazda, starešina

proces nasledstveni — parnica o nasledstvo, o imanje koje ima da se nasledi od nekoga

Profet (Prorok) — opera nemačkog kompozitora Đakoma Majerbera

prokator — advokat, pravozastupnik

promenada — šetalište, park

propter dehonestationem uxoris meae (lat.) — zbog osramoćenja moje žene

protokol — zapisnik koji sadrži odluke nekog kolegijuma, pravila ceremonijala koji se primenjuje u diplomatskim odnosima

provijant — hrana, jelo, životne namirnice

Pšemisl — grad u Poljskoj

puncta dentri (lat.) — srž stvari, glavno u nečemu

punš — piće načinjeno od alkohola (ruma ili konjaka), kiselog soka (limuna, pomorandže), aromatičnog začina (čaj, cimet), šećera i toplog vina ili vode

purđer, purger — građanin, filistar, buržuj
purgerbal — bal za građane, zanatlije, ćifte
purgerija — građani, varošani (najčešće trgovci i zanatlije)
putešestvije — putovanje

Rac — Srbin (mađarski podrugljiv naziv za Srbe)
rajfrek — ženska haljina sa visokim strukom, po ugledu na staru
    grčku i rimsku haljinu
rajteraj — jahanje, dvorana za jahanje
regal, regalija — zakup; suvereno pravo vladara u Srednjem veku,
    koje je mogao prodavati i davati u zakup (npr: pravo na vađenje
    soli, prodaju duvana i dr.)
regula — zakon pravilo, propis, poredak; regularan, pravilan, re-
    dovan, propisan
reservatis rezervandis (lat.) — voditi računa o onome što ne sme da
    se izgubi iz vida
rešt — zatvor, haps
reštauracija, restauracija — obnavljanje, ponovno uspostavljanje,
    povratak na presto neke revolucijom svrgnute ličnosti, obnova;
    ovde: i izbor gradske uprave
reverenda — duga crna gornja haljina katoličkih sveštenika
rezidencija — prestonica, sedište političkog ili verskog poglavara
rif — stara mađarska mera za dužinu 0,777 m
Riva degli Schiavoni (ital.) — Slovenska obala (u Veneciji)
rovaš — oznaka, obeležje, zarez radi raspoznavanja
ružičalo — drugi ponedeljak posle Uskrsa u koji pravoslavni (Srbi i
    Rumuni) pokrivaju busenjem grobove iz te godine

San Paolo — kvart u Veneciji
samurkalpak — kapa od samurovine
satrusan — neraspoložen, mrzovoljan

Seladon — nežan i strastan ljubavnik

Serbijen — Srbija

sermija — imanje, posed

service (fr.) — posluživanje, stoni pribor, stono posuđe

sesija, sesijum — posed od trideset šest katastarskih jutara zemlje

Sibarit — razvratnik, sladostrasnik, mekušac

slučiti se — desiti se, dogoditi de

soliter — prsten sa jednim velikim brilijantom

sostojanije — imovno stanje

strahino — čuveni italijanski masran sir

stvor — ovde: stas, rast, izgled

Šabes — praznik posta kod Jevreja

šabrak — ukrašen pokrivač ispod sedla na konju

šajn — stari austrijski papirni novac koji je vredeo 40% od vrednosti srebrnog novca

šamoa — boja divokoze, otvorenožuta boja

šantl — vrsta kartaške igre

chaudeau (fr.) — preliv za kolače od vina i mleka, jaja i šećera

šaputle — čipka na prsima muške košulje

šenktiš — gostioničarski sto za posuđe ili za piće

šićar — plen, dobit, laka zarada

šildgerehtikajt — pravo na trgovačku firmu

šizmatik — otpadnik, raskolnik (od neke crkve ili vere)

škopac — uškopljen ovan (radi bržeg tovljenja)

šljahtec, šljahtić — poljski plemić

šmafu! —šta me se tiče, baš me briga!

šmajhlovati — laskati, ulagivati se

šmuk — nakit, ukras

špencer — vrsta kratkog kaputa za posete

štafirung — devojačka oprema za udaju, sprema

štatarijum — vanredno stanje u državi, preki sud
štucer — kicoš, fićfirić

tabak — kožar
tabakluk — kožarski zanat
tajč — nemačka igra
tancšul — škola igranja
tarok — kartaška igra
telbiziti — odabirati, merkati
tempo (ital.) — vreme; u muzici: vremenska mera za određivanje apsolutne vrednosti nota
Theaterzeitung (nem.) — Pozorišne novine (časopis)
Tirkaj — Turska
titulis (lat.) — povod, izgovor
trajdrot — vrsta lošijeg štofa
tremolo — drhtanje, podrhtavanje, treperenje, brzo ponavljanje jednog istog tona

ulan — kopljanik, konjanik, vrsta lake konjice naoružane pištoljima, sabljama i kopljima
unferšemt — bezobrazan, nevaspitan
ungebilden — neobrazovan, prost
uzus — običaj, iskustvo

Vag — reka u Slovačkoj
vakacija — ferije, letnji školski i sudski raspust
vancaga — sekira, bradva
varmeđa — županija, okrug (u Mađarskoj i zemljama koje su bile pod Austrougarskom)
venecijaner — vrsta lakog dugačkog kaputa, vrskaput
vengerski šljahtec — mađarski plemić

Vengr — Mađar
Vengerska, Vengrija — Mađarska
vicenotar — podbeležnik
vicesudac — pomoćnik sudije
Wie stark pocht mein Herz (nem.) — kako jako bije srce moje
vist — engleska kartaška igra; piće od čaja, šećera, limuna i crnog vina
vivat! (lat.) — živeo!
vizitacija — posećivanje, poseta, smotra
vizitirati — pregledati, izvršiti pregled, pohoditi, posetiti

Zamosk, Zamošć — grad u Poljskoj
zjelo — vrlo mnogo, veoma
zucati — potajno nešto pričati

žaluzina, žaluzija — prozorski kapak od tankih pokretnih daščica
ženirati — stešnjavati, pritešnjavati, smetati; ženirati se, ustezati se, ustručavati se
Žitomir — grad u Ukrajini

Jakov Ignjatović
VEČITI MLADOŽENJA

London, 2024

Izdavač
Globland Books
27 Old Gloucester Street
London, WC1N 3AX
United Kingdom
www.globlandbooks.com
info@globlandbooks.com

Naslovna fotografija
Andrik Langfield
(https://unsplash.com/photos/
silver-pocket-watch-at-10-00-lQWvjpKKVYw)